Was lange währt,……….Manchmal habe ich gedacht es nimmt kein Ende mit der Arbeit an meinem Buch.

Aus diesem Grund möchte ich mich bei all denen bedanken, die mich beim korrigieren unterstützt haben, die sich erkundigt haben, wie es beim schreiben voran geht und gleichzeitig Mut gemacht haben weiter zu machen.

Bedanken möchte ich mich auch bei Dieter für seine Guten Tipps und Ratschläge.

Danke schön an meine liebe Tini für das Zuhören.

Auch ein Dank an meinen Prinzen Jörg für seine Unterstützung, da wo es möglich war.

Einen dicken Kuss an meine beiden wichtigsten Menschen.

                Eure Moni

Nach Achtzehn Uhr

Von Simone Bauer

Ich, Simone Bauer wurde 1969 in Winz-Niederwenigern geboren. Als viertes Kind von Hans und Marianne Kamperhoff wurde ich auf dem Land recht konservativ erzogen. In diesem Buch gebe ich meine persönliche Meinung und meine Eindrücke, wie ich sie damals empfunden und erlebt habe wieder. Unseren Kindern möchte ich hiermit schwarz auf weiß erzählen, dass wir völlig anders groß geworden sind, als sie heute. Ohne Handy und modernen schnick schnack, aber mit vielen werten und glücklich. Ob das so richtig ist oder vielleicht auch nicht, möchte ich jedem selbst überlassen. Für mich war es so wie ich es verfasst habe, meine Welt. Ich wünsche viel Spaß beim lesen.

Bibliografische Information der Deutschen Nationalbibliothek:
Die Deutsche Nationalbibliothek verzeichnet diese Publikation in der Deutschen Nationalbibliografie; detaillierte bibliografische Daten sind im Internet über http://dnb.dnb.de abrufbar.
©2015 Simone Bauer
Herstellung und Verlag: BoD - Books on Demand, Norderstedt
ISBN: 978-3-7392-27184

Inhaltsverzeichnis

Kapitel 1
Raus aus der Mutter und ab nach Hause ... 7

Kapitel 2
Hof und Familie ... 17

Kapitel 3
Spiel und Spaß im Kindergarten ... 24

Kapitel 4
Die Schulzeit und der Ernst des Lebens ... 119

Kapitel 5
Wahnsinnige Schulzeit und fast erwachsen ... 187

Kapitel 6
Lehrjahre sind keine Herrenjahre ... 250

Kapitel 7
Wie das Leben so spielt ... 274

Kapitel 8
Lebenslänglich ... 293

1. Raus aus der Mutter und ab nach Hause

Es muss wohl ein grauer Wintertag gewesen sein. Weiß keiner mehr so genau, aber es war auf jeden Fall schon dunkel. Mama hatte an diesem Tag Bauchschmerzen, oder wie ich es heute besser weiß, Wehen. Es war der 15.12.1969. und für mich wurde es auch langsam Zeit, mein dunkles Nass zu verlassen. Ich machte mich auf den Weg. Als es nach diesem Gedrücke und Gequetsche endlich hell, aber auch kalt wurde, hörten wir alle die Glocken vom Wennischen Dom läuten. Es muss 18 Uhr gewesen sein. Wie unsere Mutter später zu sagen pflegte: „Da war sie zum ersten und letzten Mal pünktlich," denn mein Geburtstermin war erst für Januar errechnet. Macht aber nix, denn nun ging es erst mal richtig los.

Omma und Papa, die mit meinen drei Geschwistern, meinem großen Bruder Wilhelm und den Zwillingen Frieda und Ida, die ich heute „Geschwister Fürchterlich" nenne, warteten zu Hause auf Mama und mich. Ich, die es also mit dem pünktlich sein nicht so genau nimmt, wo ich aber auch nicht immer Schuld dran habe, möchte mich erst einmal vorstellen. Ich heiße Simone, und ich denke mal, dass es noch rechtzeitig genug war. Mein Bruder Wilhelm der 4 ½ Jahre älter ist als ich, und „die Beiden", damit sind Frieda und Ida gemeint, die hab ich immer so gerufen, auch wenn nur eine von beiden da war, sind 2 ½ Jahre älter als ich. Meine Eltern hatten eigentlich die Familienplanung nach ihrem so heiß ersehnten Kronensohn und dem Doppelpack abgeschlossen. Aber die Lust muss wohl ihre Vernunft und ihr Gedächtnis ausgeschaltet haben, und nachdem ich „Unfall" schon mal da war, hieß es: „Wo drei groß werden, wird auch ein viertes groß." Papa wollte eigentlich nicht, dass ich erfahre, dass ich ein

Unfall bin. Mama hatte sich aus Versehen mal verplappert, und da war es nun mal raus. Ich meinerseits hatte da nie ein Problem mit. Da mussten Mama und Papa schon alleine mit fertig werden. Außerdem wollten sie sowieso immer ein paar Kinder haben. Ob Paar dann klein oder groß geschrieben wird ist doch letztlich völlig egal. Hauptsache gesund. Die drei sind auch waschechte Wennische. Sie wurden in Niederwenigern, aber im alten Krankenhaus geboren, ich hingegen durfte das Licht der Welt im neuen Gebäude erblicken. Da zu dieser Zeit das Krankenhaus in Niederwenigern für Geburten aus den umliegenden Orten heiß begehrt war, wurden auch, zumindest für mich, wichtige Persönlichkeiten dort zur Welt gebracht. Ich könnte vielleicht behaupten, dass das Kinderzimmer der Neugeborenen ein Familientreff war. Zum Beispiel wurden dort am 14. August 1967 Frieda, Ida und eine Angela geboren. Angela machte später nähere Bekanntschaft mit unserem Bruder,

der 1965 das Kinderzimmer belegte.
Ebenfalls 1965 ein Steffen, der große Bruder von Angela, und 1964 der kleine Rolf. Die beiden Großcousins Steffen und Rolf bemühten sich später erfolgreich um Frieda und Ida. Oder Oliver, der 1969 per Kaiserschnitt auf die Welt geholt wurde. Olli ist der Cousin eines Jungen aus Burgaltendorf, der für mich schon aus dem Ausland kam, weil er ja ein Essener war. Dieser Junge hieß Jörg, was im griechischen „Bauer" bedeutet. Jörg war dort ein auffälliges Kind, denn er hat ziemlich viel gekotzt. Aus diesem Grund musste der kleine Kotzbrocken, der am 9.12.1969 zur Welt gekommen war, länger im Krankenhaus bleiben, wodurch ich seine Bekanntschaft machen konnte. Heute könnte ich mir vorstellen, warum Jörgs Beschwerden nicht besser wurden. Wir beide waren in diesem Kinderzimmer 1969, und ich war nicht gerade ein hübsches Mädchen. Der Blick von Jörgs Bettchen in mein Bettchen muss für ihn wohl ein übler

Anblick gewesen sein, was seinen empfindlichen Magen noch mehr reizte und ihm ziemlich zu schaffen machte. Aus meinem Augenwinkel betrachtet, war er für mich mein kleiner Prinz. Ja, es kam so, wie es kommen musste. Sie trennten uns, was für Jörg, glaube ich, erholsamer war. Jeder durfte, wie schon erwähnt, nach Hause. Ich blieb in Niederwenigern, Niederwenigern gehört zum Ennepe Ruhr-Kreis, Jörg hingegen wurde nach Essen-Burgaltendorf gefahren. Es war wohl Gottes Fügung, dass wir uns kurz kennenlernen durften. Mein großer Bruder Wilhelm wartete wohl zu Hause auf mich als wenn ich das Christkind zu Weihnachten wäre, da er sich als Einzelgänger fühlte, weil Frieda die Ida hatte, und er hatte niemanden. Papa hatte ihm daraufhin erklärt, dass er einen Bruder bekommen würde, was sich für ihn als Fehleinschätzung herausstellte, nachdem ich zu Hause angekommen war. Wilhelm war damals schon ein ganzer Kerl und seinem Kommentar zu Folge „Egal, wenn´s kein

Bruder ist, ich behalte sie trotzdem", trug er es mit ehrlicher Gelassenheit.

Von da an war klar, dass die „Beiden" nichts mehr zu lachen hatten. Auf dem Hof, den wir vier uns nun mal teilen mussten, da er unser aller Zuhause war, hatten sich die Machtverhältnisse ausgeglichen.

Der Hof, schön im Grünen gelegen, am Rande von Niederwenigern, wurde seit Generationen mit Ackerbau und Viehzucht bewirtschaftet. Er war immer, und ist es auch heute noch, ein Treffpunkt für junge Leute. Unsere sozial eingestellten Eltern hielten für alle Menschen, auch Fremden immer die Türen offen, was für uns vier auch großartige Freiheiten ermöglichte. Omma Christine, die ursprünglich auch eine aus dem B-Dorf (Burgaltendorf) war, bewohnte im Haus zwei Zimmer und wurde von unseren Eltern mitversorgt, was damals selbstverständlich war. Omma wurde später schwer rheumakrank und konnte ihren Alltag nur mit Hilfe meistern. Sie war eine liebe und gute Omma und musste in ihrem

Leben viel Leid ertragen. Allerdings schränkte sie unsere Freiheit ab und an ein bisschen ein, was unsere Aktionen nicht wesentlich bremste. So ein bisschen Chefin war sie auch auf dem Hof und hatte mit ihren Kindern, also Papa, meinen Tanten und Onkels versucht, für mich einen passenden Namen zu finden. Eine Bettina sollte ich ihrer Auffassung nach werden. Mit diesem Namen konnte sich Mama gar nicht anfreunden. Sie konnte sich auch nur schwer gegen ihre Verwandtschaft und Schwiegermutter durchsetzen, die ja nun mal meinten, das Sagen auf dem Hof zu haben, also auch bei der Namensgebung des vierten Wunschkindes, da man sich ja gewünscht hatte, dass ich nie komme. Mama meinte, eine Bettina wird schnell zu Betti, was die Verwandten völlig anders sahen. Eine Tante hingegen, die mir damals wie eine gute Fee vorkam, unterstützte Mama bei ihrer Meinung, mich Simone zu nennen. Mama kam ursprünglich auch von einem Bauernhof aus Hagen vor Halle. In ihrer

Nachbarschaft wohnte eine Familie, dessen Tochter Simone hieß. Mama fand es toll, wenn diese zum Essen gerufen wurde und somit auch der Name. Da hatte ich aber Glück, dass dieses Mädchen nicht Ottilie hieß oder einen anderen schrecklichen Namen hatte, denn seinen Namen hat man nun mal sein Leben lang und darüber hinaus.
Meine Tante Luise, die gute Fee, kannte diese Geschichte von Mama. Sie mischte sich Gott sei Dank ein, bestand mit Mama darauf, mich Simone zu nennen, sonst würde sie die vorgesehene Patenschaft nicht übernehmen. Daraufhin lenkten die anderen ein und ich hatte einen vernünftigen Namen. Die Tante, die zuerst meine Patentante werden sollte, konnte diese Aufgabe nämlich nicht übernehmen, weil sie selber zum dritten Mal Mutter geworden war. Franz war schneller als ich. Dass meine Tante Nachwuchs erwartete, wusste damals komischerweise keiner, weil diese mit ihrer Familie weiter weg am Rhein wohnte. So`n Hick-Hack hätten sie sich auch sparen können, denn

weiß der Geier warum, nennen mich alle vielleicht auch deshalb nur Moni.
1970 konnte ich im Dom zu Niederwenigern römisch-katholisch getauft werden, in einem Taufkleid, das meine drei Geschwister auch schon bei ihrer Taufe angehabt hatten. Jeder Name wurde zuvor in verschiedenen Farben von Hand eingestickt. Wie ich finde, eine sehr schöne Tradition, die von Generation zu Generation weitergeführt wurde. Naja, also nicht direkt in der Kirche wurde ich getauft, sondern in der Sakristei, weil die Kirche zu kalt war. Frag mich nur, wie die Großfamilie darein gepasst hatte. Aber man sagt ja, Platz ist in der kleinsten Hütte. Es kann schon sein, dass ich mir da einen weggeholt habe, denn kurze Zeit später wurde bei mir eine doppelseitige Lungenentzündung diagnostiziert. Im Wennischen Krankenhaus meinten sie: „Sofort mit dem Kind nach Bochum zur Kinderklinik. Hier können wir nichts für sie tun." Mama, die mich schön warm in Decken eingewickelt hatte, hielt mich fest im Arm, während Onkel Wolle, der

zweitjüngste Bruder von Papa, wie ein geölter Blitz nach Bochum sauste. Papa besaß keinen Autoführerschein. Nur für einen Trecker, und mit dem Trecker bis nach Bochum wollte Mama auch nicht fahren. Hätte auch etwas länger gedauert.
Familien müssen nun mal zusammenhalten, wenn es ernst wird. Dass Onkel Wolle sich als Chauffeur angeboten hatte, fand ich total super. Ein paar Wochen musste ich dortbleiben. Mama und Papa durften mich nur einmal in der Woche im Krankenhaus besuchen. Wie sie mir später erzählt hatten, waren sie nach jedem Besuch fix und fertig, weil ich nur dünn bekleidet bei geöffnetem Fenster im Bettchen lag. Sie hatten Angst um mich und mit dem Schlimmsten gerechnet. Doch die Wunder der Medizin, die gute Versorgung der Ärzte und Schwestern und Gottes Hilfe haben alles zu einem glücklichen Ende kommen lassen. Zum zweiten Mal konnte ich die Fahrt vom Krankenhaus zum Hof antreten.

2. Hof und Familie

Unsere Küche war recht groß. Es passte ein Küchenschrank mit Aufbau rein. Daneben stand ein halbhoher Linde-Kühlschrank. Die Eckbank mit Tisch und 3 Stühlen fand auf der anderen Seite des Raumes Platz und unter dem Fenster stand ein Sofa. Total gemütlich, wenn man nach dem Essen auf dieses Sofa gelegt wurde. Es war eben unsere Wohnküche. Neben dem E-Herd befand sich ein Kohleofen, auf dem Mama immer das Badewasser für uns aufheizte, denn gebadet wurden wir auch in dieser Wohnküche in einer kleinen Wanne. Dieser Raum war nun mal mit dem Wohnzimmer nebenan der wärmste im Haus.
Papa hatte beschlossen zu renovieren. Das Badezimmer sollte modernisiert werden. Die alten krummen Lehmwände im Haus wurden durch massives Mauerwerk ersetzt. Die Treppe, die nach oben in die Schlafräume führte, wurde provisorisch

während der Umbauphase mit Stricken gehalten. Oma hatte dort ihr Schlafzimmer, Mama und Papa teilten sich mit uns Vieren das andere Schlafzimmer. Mit dieser Überbelegung war zumindest schon mal gesichert, dass kein weiteres Geschwisterchen mehr folgen sollte. Vier lebendige Antibabypillen waren die beste Verhütung, die man sich vorstellen konnte. Für unsere Eltern eine Mammut-Aufgabe, so eine Renovierung mit 3 kleinen Kindern und einem Baby zu meistern. Mama sagte immer: „Ich hatte ja auch von einem drei auf einmal". Damit waren meine drei Geschwister gemeint, mein Bruder und die Beiden, die ja nur zweieinhalb Jahre auseinander sind. Logischerweise zog sich die Renovierung mehrere Monate hin. Aber es gab natürlich auch helfende Hände. Tante Änne half Mama, wo sie konnte, sie putzte was das Zeug hielt, sie passte auf Wilhelm, Frieda und Ida auf und war fast jeden Tag auf dem Hof, obwohl sie gar keine richtige Tante war. Aber wir nannten alles, was wie

ein Mensch aussah und bei uns auf dem Hof
ein- und ausging, Tante oder Onkel. Was soll
ich sagen, die drei wurden gut behütet und
kamen zumindest an die Sonne. Wenn Tante
Änne die drei nicht an die Luft bringen
konnte, ist auch schon mal Tante Inge mit
den dreien rausgegangen. Tante Inge
wohnte mit ihrem Mann, Onkel Herbert, und
ihren drei Söhnen Reinhard, Rudi und
Jochen in einem kleinen Haus, dass etwas
höher liegt, aber auch noch zum Hof gehört.
Mein „Sonnenschein" schien allerdings
durch die beiden Fenster in unser
vollgepfropftes Schlafzimmer. Die Tapete
dort war auch sehr schön. Ich konnte mir
aus ihrem Muster verschiedene Bilder
vorstellen und entwickelte eine blühende
Phantasie. Mama hatte schreckliche Angst,
ich würde unten in der Baustelle wieder
krank werden. Erkältung,
Lungenentzündung und so. Deshalb hat sie
mich lieber oben gelassen. Da sie ihre Arbeit
erledigen musste, konnte sie mich leider nur
ab und an mit nach unten nehmen. Das war

aber kein Problem für sie, denn außer der interessanten Tapete hatte sie mir ja noch Stofftiere und Spielzeug dagelassen. Bei meinen Kurzbesuchen auf der Baustelle bewegten sich meine drei Geschwister aufrecht. Sie flitzten auf ihren dicken Beinen vor mir her. Das musste ich auch ausprobieren, denn auf allen Vieren im Dreck zu krabbeln war nicht schön und mit ein bisschen Hilfe und Übung ging es schon bald ganz allein. Ich konnte laufen und die Welt lag mir zu Füßen.

Die Zeit verging wie im Flug. Meinen dritten Geburtstag konnte ich im Kreis der Familie in der frisch renovierten Wohnküche feiern. Es war vollbracht, der Umbau war fertig. Wilhelm hatte auch eine gute Idee, Mama beim sauber machen zu helfen. Er schüttete Seifenpulver auf den frisch renovierten Küchenboden aus und verteilte es überall. Als Mama entdeckte, was Wilhelm da angestellt hatte, wollte sie schnell alles wieder sauber machen, füllte einen Eimer mit Wasser, nahm Aufnehmer und

Schrubber und fing mit dem Aufwischen an. Es wäre besser gewesen, das Pulver zusammenzufegen, denn umso mehr sie wischte und Wasser mit dem Pulver in Verbindung kam, desto mehr schäumte es auf. Die ganze Küche war voll Schaumwolken und Wilhelm hopste fröhlich darin rum. Mama hätte bald eine Krise bekommen, was mich nicht davon abhielt, endlich nach draußen zu gehen, um mal bei unseren Nachbarn „hallo" zu sagen, die unterhalb von unserem Haus wohnten. Dieses Haus gehörte auch zum Hof, genauso wie das, was Tante Inge samt Familie, bewohnte. Unser Nachbar Johann hatte freilaufende Hühner und ein stolzer Hahn war auch dabei. Wilhelm und Jochen hatten nichts Besseres zu tun, diesen Hahn zu ärgern und ihn auf 180 zu bringen. Wenn es dem Hahn zu bunt wurde, und er die beiden Jungen wutentbrannt anspringen wollte, was man durchaus verstehen konnte, haben Wilhelm und Jochen dem Hahn kurzerhand mit dem mitgebrachten Knüppel eins übergebraten. Nichtsahnend machte ich mich auf zu Johann, wo sich mein Weg mit den glücklichen Hühnern und dem mittlerweile Kinder- hassenden Hahn kreuzte. Die Hühner scharrten im Gras, doch der stolze Hahn erblickte mich und witterte seine Chance auf Rache. Da ich keinen Knüppel dabei hatte, war ich dem Gockel auf Gedeih und Verderb ausgeliefert. Er sprang mir wild flatternd ins Gesicht und erwischte mich mit seiner scharfen Kralle unter dem rechten Auge. Eine tiefe Fleischwunde war die Folge. Für dieses Attentat bezahlte er mit seinem Leben und landete im Suppentopf. Nach dieser Begegnung hatte ich mein Leben lang Respekt vor Hähnen und leider, leider eine dicke Narbe unter dem rechten Auge, die sich zu allem Übel je nach Wetterlage hell, dunkel, blau oder violett verfärbte. Wilhelm meinte immer, man könnte mit mir wegen dieser Narbe noch nicht mal eine Bank überfallen, aber ich wäre ein gutes Wetterhäuschen.

Sollte ich nach dieser negativen Erfahrung lieber im Haus bleiben und dort mit meinen Geschwistern spielen? Nein, natürlich nicht! Zum Ersten war ich zur falschen Zeit am falschen Ort. Zum Zweiten gab es draußen viel zu entdecken und zum Dritten waren meine Geschwister morgens zumindest im Kindergarten oder in der Schule.

3. Spiel und Spaß im Kindergarten

Die Leiterin des Katholischen Kindergartens, der natürlich auch im Dorf liegt in der Nähe des Krankenhauses, hatte Mama einmal gefragt, nachdem sie die „Beiden" dort abgeliefert hatte, ob ich schon sauber wäre. Unsere Mutter beantwortete diese Frage mit einem stolzen Ja. Daraufhin meinte diese nette Frau: „Ach, wenn das so ist, dann bringen sie uns doch die Kleine auch noch. Dann haben sie alle vier morgens gut versorgt." Mama überlegte nicht lange und schon war der Deal perfekt und ich ein Kindergartenkind. Von nun an tickten die Uhren bei uns anders. Morgens wurden wir früh geweckt. Alles lief mehr oder weniger stabsplanmäßig ab. Nochmal umdrehen und einkuscheln war nur möglich, wenn sich im Bad ein Stau abzeichnete. Ansonsten mussten wir uns zügig der Reihe nach waschen, Zähne putzen, anziehen. Unser Bad

war nicht gerade groß. Es passten nur zwei Personen rein, auch wenn sie klein waren. Also bitte zügig der Reihe nach. Bummeln, quatschen und sich wie eine Schlaftablette bewegen, konnte nicht geduldet werden. Nachdem wir gefrühstückt hatten war Mama schon ein bisschen fertig. Doch sie musste sich schnell wieder sammeln.
Als wir fünf endlich im Auto saßen, ging es zügig ein Häuschen weiter. Wir fuhren zum Bahrenberg, wo meine Patentante Luise, die gute Fee, mit Mann Beno, dem jüngsten Bruder von Papa, und ihren drei Kindern Stella, Antje und Mike wohnten. Das vierte Kind der beiden, Cousine Franka, wurde ca. zehn Jahre später geboren. Onkel Beno, der auch mein Patenonkel ist, und Onkel Wolle mit Frau, also Tante Birgit, wohnten im selben Haus. Die Großfamilie oben, die anderen beiden unten. Cousin Franz, der Sohn von der Tante, die am Rhein wohnte, wohnte auch als er ein Baby war (1970), ein paar Monate unten bei den beiden. Onkel Wolle und Tante Birgit sollten Franz eine

Woche betreuen, weil Tante Katrin sehr viel Arbeit mit Franz, seinen Geschwistern, Cousine Marlene und Cousin Dirk hatte, und mit drei Kindern total überfordert gewesen wäre. Aus einer Woche sind ein paar Monate geworden. Die Zeit rast dann aber auch. Und was sind schon ein paar Monate, wenn man sich gegenseitig helfen kann, und es dem Jungen gut ging. Unten im Haus sollte es aber auch nicht ruhig bleiben. Tante Birgit und Onkel Wolle sind ganz verrückt nach Kindern. Sie vergrößerten ihre Familie ein paar Jahre später durch Cousin Martin und Cousine Sabine. Mit den beiden wurde ihr Glück perfekt.

Die beiden Brüder waren ausgezeichnete Schlosser und reparierten in ihrer Freizeit Landmaschinen, Mofas, Rasenmäher und Autos. Mama hatte immer ein Auto, was reparaturbedürftig war und meistens nur von einer bis zur nächsten TÜV-Untersuchung hielt. Daraufhin hatte Onkel Beno ihr den Vorschlag gemacht unser Auto in Schuss zu halten, wenn Mama bereit wäre,

Stella, Antje und Mike morgens mit in den Kindergarten zu nehmen und mittags wieder abzuholen. Auch diesen Deal fand Mama toll, und außerdem hilft man sich sowieso untereinander. Ich glaube, sie wusste nur nicht, auf was sie sich da eingelassen hatte. Also kurz vor Acht die drei auch noch mit in die Karre, die bald aus allen Nähten platzte und schon konnte es weitergehen. Wir steuerten das Dorf an. Erst die Katholische Grundschule, wo sie Wilhelm rausschmeißen konnte, dann ging es weiter zum Kindergarten, wo sie den Rest der Bande parken konnte.

Morgens früh aufstehen war wirklich recht blöd, doch die Autofahrt hat alles wieder gut gemacht. Obwohl wir die Döppen kaum auf hatten, gab es immer was zu erzählen. Wenn Mama uns um zwölf Uhr wieder abgeholt hatte, waren wir richtig fit. Antje saß grundsätzlich hinter dem Fahrersitz, das war ihr Stammplatz. Von da aus konnte sie Mama am besten während der Fahrt würgen. Kurz nachdem wir losgefahren waren, legte sie

ihre kleinen Hände um Mamas Hals und schüttelte sie vor und zurück.
Logischerweise fuhren wir als wenn Mama 2 Promille in der Blutbahn hätte, doch sie schaffte es immer wieder den Ford auf der Straße zu halten und Antje abzuwehren. Das war ein Mordsspaß, wir haben uns vor Lachen nicht mehr eingekriegt. Wir waren von Haus aus sehr liebenswerte Kinder, hatten aber unseren eigenen Humor. Nicht nur die Fahrt mit dem Auto ist mir in guter Erinnerung geblieben. Auch an die Zeit im Kindergarten erinnere ich mich gerne zurück.
Am ersten Tag hab ich gedacht, ich guck mir erst mal alles an. Aber erstens kommt es anders, und zweitens als man denkt. Mama wollte mich nur abgeben, genauso wie meine restlichen Mitfahrer und sich dann vom Acker machen. Ich wollte natürlich nicht am ersten Tag einfach mal eben so abgegeben werden. Ich setzte meinen Dickkopf ein und wehrte mich nach allen Regeln der Kunst. Ich sagte kein Wort mehr, obwohl ich sonst

recht gesprächig war, ich schmiss mich auf
den Boden und fluchte auf Teufel komm
raus. Die Kindergartentante plapperte auf
mich ein und versuchte ihr Bestes.
Zwischendurch faselte sie etwas davon, dass
Mama kurz einkaufen ging und mich dann
ganz bestimmt sofort wieder abholt. Also
gut, gegen „kurz" gab es nichts einzuwenden.
Um meinem Ruf gerecht zu werden zog ich
natürlich noch eine Brummschnute, fasste
die Kindergartentante bestimmt bei der
Hand und ging mit ihr in den letzten
Gruppenraum des Kindergartens. So viele
Kinder auf einen Haufen hatte ich noch nicht
gesehen. Da war eine Steffanie, eine Sonja
ein Andreas usw. und natürlich auch meine
„Beiden", vom Spielzeug mal ganz zu
schweigen. Irgendwann rief die Erzieherin,
wie man sie heute nennt "aufräumen". Alle
Kinder schwärmten aus, um alles in Ordnung
zu bringen. Danach wurde ein Teewagen von
zwei Kindern in den Raum geschoben. Da
standen verschiedenfarbige Becher drauf
mit dicken weißen Punkten. Die Tische

wurden damit für´s Frühstück gedeckt und alle nahmen Platz, nachdem sie ihre Taschen geholt hatten. Ich hatte auch eine hübsche rote Tasche und als wenn Mama es geahnt hätte, war dort für mich ein Hasenbütterchen drin. Perfekt!
Ich setzte mich selbstverständlich auch und frühstückte mit. Nach dem Frühstück wurde noch gesungen und gespielt und nach draußen durften wir auch. Die Zeit verging wie im Flug, und auf einmal stand Mama in der Tür und wollte uns schon wieder abholen. Da hat sie sich aber mit dem Einkaufen beeilt! Immer, wenn es am schönsten ist, muss man aufhören. Doch alle wurden abgeholt, es war Mittag. Ich wollte auf jeden Fall am nächsten Tag wieder hin. Das war mein erster und doch noch schöner Kindergartentag.
In den nächsten Tagen und Wochen ging ich freiwillig und sehr gerne in den Kindergarten. Die „Beiden" und ich waren in einer Gruppe. Eigentlich, denn während wir dort spielen konnten, waren die Zwillinge

dort nicht zu sehen. Sie waren damit beschäftigt, die verschmutzten Handtücher in den Waschräumen gegen saubere auszutauschen. Oder Geschirr ab- und in die Spülmaschine zu räumen. Die Tische wurden auch noch eben abgewischt und wo sie schon mal so fleißig zu Gange waren, konnte auch noch schnell alles durchgefegt werden. War schon mal gut, dass sie erst mit ihrem selbst eingeteilten Arbeitspensum nach dem Frühstück begonnen hatten. Heute frag ich mich, ob die beiden Arbeitsbienen nicht den Sinn des Kindergartens verstanden hatten. Oder waren es die Gene, die sie antrieben? Vielleicht hatten sie aber auch einen anderen Betreuungsvertrag als normalerweise. Auf jeden Fall waren die Erzieherrinnen ganz entzückt von der Vielseitigkeit der Malocher und die Zwillinge waren glücklich und zufrieden. Ich hingegen hab vielleicht mal ab und an geholfen, ansonsten aber eher gespielt oder`ne ruhige Kugel geschoben. Einmal durften wir Tiere, (Stofftiere) die wir schön fanden oder ganz Doll lieb hatten, mit in die Einrichtung bringen. Das habe ich gleich, nachdem der Kindergarten aus war, Mama erzählt und gefragt, ob ich Wilhelms Rosi am nächsten Tag mitnehmen dürfte. Rosi war ein silber-graues lebendiges Zwerghuhn und recht zahm. Mama fragte noch mal nach, ob ich mir da sicher wäre, dass ich Rosi wirklich mitbringen dürfte. „Natürlich darf ich" antwortete ich, denn Rosi war wirklich wunderschön und ein bisschen lieb hatte ich sie auch. Also warum sollte das possierliche Tierchen zu Hause bleiben. Rosi entsprach genau den Anforderungen der Kindergartentante. Am nächsten Morgen war ich total aufgeregt. Bevor wir zu unserer morgendlichen Tour losfuhren, schnappte ich mir das Zwerghuhn unter den Arm, wir Beide auch noch mit in das Auto und endlich konnte es losgehen. Die anderen vom Bahrenberg schauten ein bisschen blöd aus der Wäsche als sie Rosi erkannten, akzeptierten sie kurzerhand und wir fuhren weiter. Während der Fahrt verhielt Rosi sich vorbildlich, als wenn sie jeden Tag Auto fahren würde. Sie kackte mir nicht einmal auf den Schoß, wo sie sich ganz entspannt von mir streicheln ließ und als ich stolz wie ein Hahn mit ihr den Kindergarten betrat wären die Erzieherinnen , als sie erkannten, dass sie echt war, beinahe hintenüber gekippt. Schon kurz nach unserm Eintreffen brach das Chaos aus, denn alle Kinder flippten total aus, als wenn sie noch nie ein Huhn gesehen hätten. Alle wollten es streicheln oder auf den Arm nehmen. Ich konnte das mittlerweile verängstigte Tier nicht mehr festhalten und Rosi flüchtete. Sie flog durch den ganzen Kindergarten und kackte vor Angst alles voll. Die Leiterin, Erzieherinnen und eine Schar von Kindern rasten ihr nach. Wie angewurzelt blieb ich stehen und rief immer ihren Namen. Mit so einer Reaktion hatte ich wirklich nicht gerechnet. Angst um Rosi machte sich bei mir breit und ich war froh als sie sie endlich eingefangen hatten. Das geschockte Tier musste den ganzen Morgen in der Damentoilette bleiben, damit sich die

Situation wieder entspannen konnte. Das fand ich nicht sehr schön, aber für meine graue Freundin war es wohl so am besten. Für mich war es schließlich normal, mit einem Huhn auszugehen, was meine Mitmenschen wohl völlig anders sahen. Das war dann für uns Beide doch nicht so ein toller Ausflug, wie anfangs gedacht. Kuscheltiere oder andere Haustiere brauchten wir nach diesem Tag nicht mehr mitbringen. Stattdessen machten wir ein paar Wochen später mit unserer Gruppe einen erholsamen Spaziergang. Zum Glück regnete es nicht in Strömen, wie an den Tagen zuvor und die vereinzelten Tropfen die vom Himmel fielen, sangen wir einfach mit unserm Lied :"Liebe, liebe Sonne lass den Regen oben usw. weg. Wir marschierten in einer Doppelreihe durchs Dorf und nahmen Kurs auf den Bahrenberg. Als wir diesen erreicht hatten, trug unser Lied Früchte. Es hörte auf zu fieseln und die Sonne kam raus. Am Anfang der Steigung lagen ein paar Regenwürmer, wo ich auf

keinen Fall drauftreten wollte. Ich hüpfte zwischen ihnen hin und her weil ich mich fürchterlich vor Regenwürmern ekelte. Es wurden immer mehr und bald blieb ich einfach stehen. Die Straße lag voll von den schlängelnden Viechern. Hin und her hüpfen brachte auch nichts mehr. Ich war starr vor Ekel und bewegte mich keinen cm mehr. Unsere Kindergartentante, Frau Moselzart, hatte Erbarmen und sowieso keine Chance, mich zum Laufen zu bewegen. Sie nahm mich Huckepack und trug mich schnaubend den ganzen steilen Bahrenberg hoch. Sie war wirklich gut in Form und wagte es nicht, mich abzusetzen. Mancher Rekrut konnte sich von dieser strammen Leistung eine Scheibe abschneiden.
Irgendwie hatten diese hässlichen Würmer auch was Gutes. Für mich war es ein wirklich entspannter Ausflug mit einer super Aussicht von Frau Moselzarts Rücken aus ins Grüne.
Als wir wieder die Einrichtung erreicht hatten, verzerrte Frau Moselzart ganz

komisch ihr Gesicht und schlackerte unentwegt ihre Arme und Beine. Der Ausflug schien ihr gut gefallen zu haben, da sie vor Freude ganz zappelig war. Ist es nicht schön, wenn alle zufrieden und entspannt die Mittagspause einläuten konnten? Mit ganz viel Appetit fuhren wir zum Hof.
Heute würde ich bestimmt meinen Teller ganz leer essen und nicht „otten", wie ich es sonst gut konnte. Ich musste schließlich nach so einem Marsch wieder zu Kräften kommen. Eigentlich durfte bei uns Zuhause nicht geottet werden, was zu bedeuten hatte, dass der Teller blitzeblank sein musste und kein Essensrest übrigbleiben durfte. „Igel essen" kam gar nicht in die Tüte. Igel essen bedeutet, dass man nichts einzeln und sich damit satt essen durfte. Ich gebe gerne ein Beispiel, um unsere außergewöhnliche Sprache verständlich zu machen: Also, wir durften nicht nur Fleischwurst essen, sondern wir mussten z.B. die Fleischwurst mit einem Brötchen oder mit Kartoffeln und Gemüse essen, damit wir besser satt

wurden. Wenn wir nur die Fleischwurst allein gegessen hätten, hätte Mama ca. 50 kg Fleischwurst kaufen müssen, um uns alle satt zu bekommen, was unserem Dorfmetzger Raukamp mit Sicherheit goldene Türgriffe beschert hätte, denn Mama ging jeden Samstag zu Raukamp´s und kaufte reichlich leckere Sachen ein. Außerdem sollte es von allem ein bisschen sein, damit wir eine ausgewogene Ernährung bekamen. „Nicht igel essen" ist also, wenn man es verstanden hatte, eine logische, sinnvolle und sparsame Sache. Nach dem Essen wurden die Sachen für „Gut" ausgezogen. Zum Spielen mussten wir uns immer alte Sachen anziehen, damit die für „Gut" geschont wurden. Fand ich auch o.k., so hab ich mich auch immer am wohlsten gefühlt, denn dann konnte man sich nach Herzenzlust einsauen, und man brauchte sich nicht so in Acht nehmen. Die „Beiden" haben sich nicht immer alte Sachen angezogen, denn, wenn die sich den Wams vollgeschlagen hatten, mussten sie erst einmal ein Nickerchen machen. Wilhelm hat nie einen Mittagsschlaf gemacht. Der hat immer nach dem Essen zügig seine Hausaufgaben erledigt und Papa bei der Arbeit geholfen. Manchmal ist er auch mit seinem Fahrrad rumgefahren oder er hat sich sonst irgendwie beschäftigt. Langeweile kannte der nicht. Eins war zumindest von Anfang an klar, die „Beiden" haben nicht nur immer die gleichen Klamotten getragen, ob für „Gut" oder alltags. Nein, sie haben auch alles andere zusammen gemacht und wie Pech und Schwefel zusammengehalten. Ich hatte immer gleich zwei Feinde oder Freunde, mit denen ich mich auseinandersetzen musste. Aus diesem Grund hatte auch mein Wilhelm einen Heiligenschein. Er hatte immer seine eigenen Methoden, um mir zu helfen. Im Streitfall brauchte ich meinen Verbündeten nicht großartig um Hilfe zu bitten. Wenn dicke Luft war, hat er kurz gefragt: „Was ist hier los?", worauf ich kurz zur Antwort gab: „Da sind sie!" Wilhelm hat den „Beiden"

dann gezeigt, wo der Hammer hing, auch wenn sie keine Schuld traf.
Einmal hat er sich was ganz Besonderes einfallen lassen. Dachte er zumindest! Er nahm eine Puppe mit langen blonden Haaren, setzte sich hinter die Küchentür, schön versteckt, damit sein Plan bloß nicht gestört werden konnte. Er zog eine Schere hervor und schnitt ritsch ratsch der Puppe Strähne für Strähne die langen Haare ab. Bei jeder Strähne, die zu Boden fiel, wurde seine Freude größer und sein Lachen lauter, denn er war sich ganz sicher, dass er Frieda oder Ida absolut schocken würde, wenn sie eine ihrer Puppen mit einem Haarschnitt sehen würden, als wenn ein Rasenmäher darüber gefahren wäre. Durch sein lautes Lachen entdeckte Frieda Wilhelm, der hoffte, Frieda würde in Tränen ausbrechen. Frieda rief natürlich sofort nach Ida, die auch prompt zum Tatort kam. „Oh nein", rief die voller Entsetzen. Wilhelm schnitt noch schneller, sein Gesichtsausdruck verzerrte sich. Es schien, als würden ihm Teufelshörner

wachsen, so bösartig muss er nach der Beschreibung der Zwillinge ausgesehen haben. Doch die beiden weinten nicht, sondern blieben ziemlich gefasst. Wilhelm war etwas verwundert über diese coole Haltung. Ida meinte dann kurz am Rande: „Da wird Moni aber Augen machen, wenn sie ihre Puppe sieht." Mein Bruder erstarrte vor Schreck. Hatte er richtig gehört? Monis Puppe? Die Schere fiel ihm vor Schreck aus der Hand. O Gott, wie konnte er sich nur so vergriffen haben. Er war sich ganz sicher, eine Puppe von Frieda oder Ida erwischt zu haben. Auf gar keinen Fall sollte es meine sein. „Das wollte ich nicht," rief er immer wieder, doch es war zu spät, die Haare waren ab. Die Zwillinge hatten ihren innerlichen Reichsparteitag und lachten sich schief. Der Kronensohn war bis auf `s Mark getroffen. Ich wollte meinen Bruder nicht so traurig sehen, er hat es doch nur gut gemeint. Ich nahm die Puppe und sagte zu Wilhelm: „Mit kurzen Haaren sieht die auch noch gut aus. Dann ist die jetzt eben ein „er."

Diese Geste fiel mir sehr schwer, aber ich musste meinen großen Bruder doch trösten und vor allem diplomatisch vorgehen, damit er auch in Zukunft zu mir hielt.
Natürlich war dieser Zwischenfall für Wilhelm dumm gelaufen, den er dank unserer Flimmerkiste, damit war unser Schwarz-Weiß-Fernseher gemeint, schnell wieder vergessen konnte. Dieses für uns fesselnde Gerät war dunkelbraun, mit dicken Knöpfen, und man konnte sogar drei Programme empfangen. Allerdings musste man die darauf stehende Antenne richtig positionieren, um ein gutes Bild empfangen zu können. Samstags war es dann endlich soweit. Unser Bade- und Fernsehabend war dran: während Mama die Badewanne startklar machte, aßen wir schnell, zogen uns aus und dann alle vier hinein ins nasse Vergnügen. Der Kronensohn durfte immer in der Kurve der Wanne sitzen. Das war sozusagen der VIP-Platz. Frieda reihte sich danach ein, danach ich und Ida musste immer den billigen „Stöpselplatz" besetzen.

Mama hat alle vier Köpfe mit der Brause nass gemacht, das gute Eishampoo von der Firma mit dem schwarzen Kopf verteilten wir uns gegenseitig und schäumten die Haare damit ein. Unsere Köpfe haben dann immer ausgesehen, als wenn wir Mozartperücken auf dem Kopf gehabt hätten. Bis dahin war alles in bester Ordnung, nur das Abspülen war ganz fürchterlich, denn der Schaum brannte entsetzlich in meinen Augen. Das Handtuch, das ich mir davorhalten durfte, brachte auch nicht gerade die Wende. Wie immer fluchte und heulte ich, was ich ja besonders gut konnte. Zwischendurch schrie Ida ebenfalls von ihrem billigen Platz auf, aber nicht, weil sie Schaum in die Augen bekommen hatte, sondern weil sie meinte, der Stöpsel hätte sie in ihren Allerwertesten gebissen. Mama vermutete, dass das nur ein kleiner Stromschlag gewesen sein könnte. Da Papa die Elektrik selbst in die Hand genommen hatte, konnte es schon sein, dass er ein Käbelchen nicht ganz richtig vertütelt haben könnte. Frieda meckerte mit Wilhelm, weil der sich in der Kurve so breit machte und sie sich nicht richtig waschen konnte. Die Stimmung in dem kleinen Bad hatte mal wieder ihren Höhepunkt erreicht. Nachdem wir fertig waren, bestand Mama hartnäckig darauf, dass wir uns zügig abtrockneten, Zähne putzten und die Schlafanzüge anziehen sollten. Schließlich musste sie noch mit dem Badewasser den Boden wischen. Ab ins Wohnzimmer, wo wir zum zweiten Teil des Samstagabends fortschreiten konnten. Papa hatte die Glotze schon an, jeder suchte sich auf den grünen Wohnzimmermöbeln ein gemütliches Plätzchen. Lohnte sich nur nicht, denn wenn man gerade gesessen oder gelegen hatte, forderte Papa einen von uns auf, mal bitte umzuschalten. Heutzutage würde man uns als Fernbedienung bezeichnen, was echt nervig war. Jeder durfte bestimmt einmal die dicken Knöpfe des braunen Gerätes betätigen. Aber dann wurde es langsam aufregend. Wir brauchten nicht mehr umzuschalten. Endlich fing das so heiß ersehnte „Ohnesorg-Theater" mit Heidi Kabel an. Manchmal kam auch „Am laufenden Band" mit Rudi Carrell oder „Zum Blauen Bock" mit Heinz Schenk.

Die Superstars und Moderatoren verbeugten sich zum Abschluss im Fernseher und wünschten eine gute Nacht. Das war unser Zeichen und wir sollten ins Bett. Natürlich schliefen wir nicht sofort. Entweder musste Wilhelm was trinken oder die „Beiden" mussten noch mal Pipi machen. Ich musste auch noch mal aufstehen und was Wichtiges fragen, wobei unseren Eltern manchmal die Hutschnur hochging und es hagelte ein Donnerwetter. Schließlich war Sonntagmorgen die Nacht um 7.30 Uhr um, damit wir Vier mit Mama die Messe um 8.30 Uhr besuchen konnten. Jeden Sonntag das gleiche Prozedere, auf den letzten Drücker aufstehen und mit Vollgas zur Kirche. Wilhelm saß vorne rechts in den ersten Bänken mit seinen Kollegen aus der Schule. Wir drei Mädels saßen mit Mama weiter hinten.

Am Anfang der Messe wurde gesungen, da hab ich auch mit gemacht. Nach dem Lied wurde es schon langweilig, ich musste mich notgedrungen selber beschäftigen. Mama flüsterte mir dann zu, dass man sich in der Kirche ruhig verhielt. Außerdem würde das Kreuz in der Mitte des Hochaltares Alles sehen, weil das der liebe Gott sei, auch wie ich hier rumhampeln würde. Oh weiha, dachte ich, mit dem wollte ich es mir nicht verscherzen. Ich musste zusehen, dass er mich nicht beobachten konnte. Ich tauchte langsam ab und quetschte mich mit aller Gewalt unter die Fußbank. Jetzt konnte ich sicher sein das der liebe Gott mich nicht mehr sehen konnte. Das war eine gute Lösung, was Mama ziemlich bescheuert fand. Sie zog und zergelte mich wieder unter der Fußbank weg, was eine gewisse Unruhe mit sich brachte. Frieda und Ida schauten mich mit ihren großen grünen, weit aufgerissenen Augen, strafend an. Also gut, ich hatte keine Chance, entweder sah Mama mich oder der liebe Gott. Ich musste ruhig sitzen bleiben.

Das war ziemlich anstrengend, obwohl sich der Pastor Stute sehr viel Mühe mit seiner Predigt gegeben hatte, fielen mir immer wieder die Äugelein zu. Plötzlich hörte ich alle zusammen „Amen" rufen und die Kirche war aus. Obwohl ich früh aufstehen musste und ich wirklich noch nicht den Sinn in dem allen gesehen hatte, fand ich jeden Sonntagmorgen mit dem zur Kirche gehen irgendwie schön. Auch das Gebäude war für mich bombastisch und die Kirche schien mir nicht nur von außen so groß, auch von innen wirkte sie für mich riesengroß und wunderschön. Vor allem, wenn Sonnenstrahlen durch die buntgestalteten Kirchenfenster fielen.
Wieder oben auf dem Berg kochte Mama das Mittagessen und wir durften, wenn das Wetter es erlaubte, in der Zeit zum Minigolfen gehen. Nachmittags hatte Wilhelm dann Catweazle mit seiner Kröte Küwalda geguckt, das musste ich mit anschauen, obwohl ich diese Serie gar nicht mochte, aber was tut man nicht alles, um

seinen großen Bruder milde zu stimmen. Da waren die Waltons gegen Abend schon besser. Das lag alles noch im grünen Bereich. Aber wenn er einen Western mit John Wayn geguckt hatte, meinte er, das können wir auch. Ein paar Tage später war die Luft rein. Mama musste die Hühner füttern. Wilhelm hatte kurzerhand die Zeit genutzt, um aus unserem Kaufladen einen Saloon zu machen. Er nahm eine Schnapsflasche mit Ausguss und Schnapspinnchen aus dem Wohnzimmerschrank, stellte die Gläser in einer Reihe auf und forderte uns drei breitbeinig auf, den „Saloon" zu betreten. Danach mussten wir mit rauer Stimme „Whisky" bestellen. Mit einem kalten Blick antwortete er „geht klar". Er ließ die Schnapsflasche über die Gläser gleiten bis sie voll waren. Cool nahmen wir die Gläser und als Wilhelm sagte „Ex und Hop", kippten wir den Schnaps runter. Die Beiden verzogen ihr Gesicht und schnappten nach Luft. Der Barkeeper hatte sein Glas noch voll, denn von Berufswegen konnte er nicht immer einen mittrinken. „Auf einem Bein kann man nicht stehen", sagte er zu den beiden Cowboys, die sich schwankend an der Theke festhalten mussten. Als er die Gläser wieder voll machen wollte, stand ich noch nicht mal mehr auf einem Bein. „Oh übel!" riefen die Beiden. „Moni ist umgefallen! Nehmt ihr das Glas aus der Hand!" forderte Wilhelm die Zwillinge auf. „Wir müssen alles verschwinden lassen und natürlich Klappe halten, wenn Mama wieder kommt und fragt, warum die da liegt." Nichts ahnend betrat Mama die Küche und sie bekam einen riesigen Schrecken, als sie mich auf dem Boden liegen sah. Ja, und sie fragte. Meine lieben Geschwister zuckten nur mit den Schultern, konnten sich`s auch nicht erklären, schließlich war ich einfach nur umgefallen.

Voll in Panik rief Mama Papa aus dem Stall, der mit seinen Gummistiefeln auch prompt angelaufen kam. „Wat is denn jetzt schon wieder los?" fragte er, sah das Übel, also mich und hob mich auf. „Die hat bestimmt

Kinderlähmung!" Mama wusste sich keinen anderen Rat als sofort zum Telefon zu rennen, um Frau Dr. Dauber anzurufen. Frau Dr. Dauber war unsere Dorf-, Haus- und Hof-Ärztin. Bis zu ihrem Eintreffen legten mir meine nervösen Eltern feuchte Geschirrtücher auf den Kopf und die Waden. Was sollten sie auch sonst anderes tun. Frau Dr. war total schnell da und kannte sich bei uns bestens aus, da sie "unser Omma" auch betreute. Unsere Haustür war immer offen, und so konnte die gestandene Frau schnurstracks mit ihrem großen, schwarzen Arztkoffer einmarschieren. Nach genauer Untersuchung stand fest, dass Papa sich mit seinem Verdacht geirrt hatte. Wie immer durch die Nase sprechend, verkündete Frau Dr. Dauber ernsthaft: „ Die Kleine ist volltrunken." Sie ordnete an, dass ich erst mal meinen Rausch ausschlafen sollte und wollte mich dann am nächsten Morgen zur Blutabnahme in ihrer Praxis sehen. Mama und Papa fiel ein großer Stein vom Herzen, trotzdem war ihnen die Situation total peinlich. Omma kürte auf plattdeutsch: „Wie konnte et nur soweit kommen, zu meiner Zeit hätte et sowatt nich gegeben." Daraufhin befragten Mama und Papa eindringlich die drei Unschuldslämmer. Nach dem ganzen Stress sprudelte alles aus ihnen heraus. Sie waren froh, sich Luft machen zu können, und es tat ihnen auch leid. Aber die Cowboys im Fernsehen würden bei einem Duell umfallen und nicht von einem Gläschen Whisky. Frau Dr. Dauber schmunzelte, verabschiedete sich und erinnerte „unser Omma" gleichzeitig an ihren nächsten Hausbesuch. Papa war stinksauer und konfiszierte den Kaufladen, ebenso den Schnaps aus dem Wohnzimmerschrank. Alles musste weg, damit wir nicht nochmal auf so eine dumme Idee kommen konnten.

Am Tag danach brauchte ich logischerweise morgens nicht in den Kindergarten, sondern fand mich früh mit Mama in Frau Dr. Daubers Praxis zur Blutentnahme ein. Als die Allgemeinmedizinerin mich sah, rief sie mir schon von weitem zu: „Na Süppken, wieder nüchtern?" Mama und ich lachten, nur die anderen Patienten bekamen vor Staunen den Mund nicht zu, und sie wussten nicht, ob sie richtig gehört hatten. Schließlich sahen sie dort ein kleines Mädchen sitzen. Nachdem Frau Dr. mit mir fertig war, durfte ich wieder in den Kindergarten. Dort wurden schon die Tische mit den Pünktchen-Bechern und den weißen Untertellern gedeckt. Alles war endlich wieder normal, bis zu dem Moment, als „die Beiden" feststellten, dass sie verschiedene Unterteller hatten. Friedas Teller hatte ein Zick-Zack Muster, Idas Teller innen ein Strichmuster. Das ging ja gar nicht. Also tauschte Frieda ihren Teller gegen den vom Andreas, der auch mit an ihrem Gruppentisch saß, weil der den gleichen Teller hatte wie Ida. Der Junge, der auch ansonsten nicht ohne war, bekam das natürlich mit, was ihm total gegen den Strich ging. Frieda hätte ihn wenigstens fragen können. Er klärte das auf seine Art ohne Worte und schlug Frieda prompt den Teller auf ihren Kopf. Tausend Scherben fielen zu Boden, nur eine blieb in Friedas Kopf stecken. Ihre braunen Haare saugten sich voll Blut. Ihr Gesicht wurde weiß, und sie heulte und schrie vor Schreck und Schmerzen. Ida sah genauso aus, außer dass sie natürlich keine Scherbe und Blut im oder am Kopf hatte. Sie schrie mindestens genauso laut wie Frieda, schließlich war ihre Zwillingsschwester schwer verletzt worden. Die anderen Kinder schauten nur erschrocken und sagten immer wieder „Iihhh" und „die arme Frieda". Frau Moselzart schnappte sich Frieda, versorgte sie erst einmal notdürftig, bis sie später im Krankenhaus richtig behandelt werden konnte. Sie brauchte an diesem Tag nicht mehr in den Kindergarten. Ida selbstverständlich auch nicht. Ich blieb und hielt die Stellung. Schließlich musste ich meine fleißigen Schwestern würdig vertreten und die anfallende Arbeit erledigen.

Dieser Zwischenfall sorgte natürlich wieder für genug Gesprächsstoff, denn in unserem Kuhdorf musste es ja irgendwas zu tratschen geben, und wenn sich nur klein Erna beim Pupsen verschluckt hätte. Egal, es wurde getratscht!
Als Mama, Tante Luise, die gute Fee, meine Wenigkeit und Cousin Mike wieder einmal bei Wesse einkaufen waren, sprachen Mama und Tantchen von Friedas Kopfverletzung. Mike nutzte die Zeit, um sich direkt nachdem wir den Lebensmittelladen betreten hatten, über die Chipstüten herzumachen, die vorne an der Kasse aufgebaut waren. Er riss eine Tüte auf, die Chips landeten sofort in seinem Mund und auf dem Boden. Tante Luise und Mama blieben ganz ruhig. Während sie den Boden säuberten, quatschten sie seelenruhig weiter. Mann, war das peinlich, aber für Mike völlig normal. Da er die Mütter beschäftigt hatte, konnte er fröhlich weiter machen. Gummibärchentüten und Lakritztüten, die in den Verkaufsregalen lagen, wurden nun zerlegt. Danach raste er

durch den Laden und alberte rum. Tante Luise reichte es dann, und sie versuchte Mike, zu beruhigen. Das passte ihm überhaupt nicht. Vor Wut schmiss er sich auf den Boden und schrie wie am Spieß. Mama und ich hielten uns dann immer zurück, um nicht noch mehr Aufsehen zu erregen. Bis wir an der Kasse waren, war die Vorstellung sowieso vorbei und Tante Luise durfte sie teuer bezahlen. Das war des Öfteren so beim Einkaufen. Auch, als er zum Zahnarzt musste, hätte das nervöse Handtuch dem Zahnarzt bald einen Nervenzusammenbruch beschert. Zu Hause hatte er vor Zahnschmerzen gejammert, bis seine ebenfalls genervte Mutter mit ihm zum Zahnarzt gefahren war, der selbstverständlich in Mikes Mund schauen wollte, was sich als unmöglich erwies. Denn immer, wenn dieser dem bösen, schmerzenden Zahn zu Leibe rücken wollte, hielt Mike seinen Arm fest und fragte: „Watt is datt, und watt machste da." Der Zahnarzt erklärte ihm die Instrumente, und dass er ihm nur helfen wolle, seine Schmerzen los zu werden. Alle Mühe brachte nichts, denn Mike hatte mehr Angst als Vaterlandsliebe. Er bremste den Arzt in einer Tour. Der war mit seinem Latein am Ende und bat Tante Luise ihren Sohn zu nehmen und mit ihm nach Hause zu fahren, wo Mike wieder über seine Zahnschmerzen weiterjammerte.

Cousin Roy, der einzige Sohn von Tante Doro, einer Schwester von Papa und Onkel Dietmar, war nicht so lebhaft wie Mike. Wäre auch nicht möglich gewesen, denn Roy musste nach den Regeln von Onkel Dietmar springen. Außerdem wuchs er ohne Verbündete auf, also er hatte keine Geschwister, was den Kampf als Einzelgänger gegen seinen strengen Vater erschwerte. Die drei kamen Omma einmal in der Woche auf dem Hof besuchen. Das ging nicht öfter, weil sie aus dem weit entfernten Witten mit dem Auto anreisen mussten. Während Tante Doro und Onkel Dietmar mit Omma drinnen saßen, sich unterhielten und

Kaffee tranken, konnte Roy mit uns draußen auf dem Hof Fußball spielen. Vorher musste er die Sachen für „Gut" gegen alte Sachen zum Spielen tauschen. Bis hierher war alles wie bei uns, aber jetzt kommt es. Wenn Roy abends mit seinen Eltern nach Hause fahren musste und dreckig wie ein Schwein war, reichte es nicht, seine sauberen Sachen wieder anzuziehen, nein, er musste, dreckig wie er war, in den Kofferraum des lilafarbenen, funkelnagelneuen Fiats. Dieses Auto hatte innen fast weiße Sitze und war der ganze Stolz von Onkel Dietmar. Es hätte ja sein können das Ferkelchen Roy einen Flecken in die Sitze oder sonst wohin gemacht hätte. Das wäre eine Katastrophe gewesen. Da war es praktischer, die Kofferraumklappe zu öffnen. Der Fiat war kein Kombi, Roy hineinheben, dann durfte er noch einmal schnell winken und schwupp war die Kofferraumklappe wieder zu, und sie konnten die Heimreise antreten. Glück für Roy, dass er keine dummen Eltern hatte, die möglicherweise nachdem sie zu Hause geparkt hatten, ihn im Kofferraum vergessen hätten. Apropos vergessen. Jeder Geburtstag wurde in unserer Großfamilie gefeiert. Die ganze Verwandtschaft schneite zum Kaffeetrinken ein und nach dem Abendessen, wenn alle abgefüttert waren, gingen alle wieder zufrieden nach Hause. So auch, als auf dem Bahrenberg wieder eine Feier anstand. Tante Luise war die Gastgeberin und schmiss nochmal einen Blick aus ihrem Flurfenster, nachdem alle gegangen waren. Von diesem Fenster aus konnte sie den Sandkasten sehen, der draußen im Hof stand. Sie traute ihren Augen nicht, als noch ein Kind spielend im Sandkasten saß, schließlich wurde es schon langsam dunkel. Sie schaute nochmal genau hin, das konnte doch nicht wahr sein. Es war Roy, der da noch spielte. Sofort rief sie in Witten bei ihrer Schwägerin und dem Schwager an und fragte, ob sie nicht etwas vergessen hätten. „Nein", meinten die sicher. Tante Luise blieb hartnäckig und fragte nochmal nach, ob sie sich da wirklich sicher wären. „Absolut", meinten sie. „Dann ist das wohl ein Doppelgänger von Roy, der hier bei mir im Sandkasten sitzt," sagte Tante Luise. Am anderen Ende der Leitung brach Panik aus. „Oh je, wir haben Roy vergessen!" Selbstverständlich fuhren die geschockten Eltern sofort zurück zum Bahrenberg, um ihren Jungen abzuholen.

Unsere Familie war schon irgendwie komisch, aber es wurde nie langweilig. Genauso eigenartig war es, als wir Onkel Willi Emmerich, diesmal Mamas jüngster Bruder, mit Tante Luzie und den beiden Cousins Wolfram und Georg, nahe der holländischen Grenze, besuchten. Mama saß am Steuer, Papa war der Sozius und wir vier Keimlinge hinten drin. Papa qualmte während der Fahrt wie ein Schornstein eine Zigarette nach der anderen. Die Fenster durften nicht zum Lüften runter gekurbelt werden, denn Mama meinte, wir könnten von der Zugluft krank werden. Vor allem hatte ich immer noch Probleme mit den Bronchien und nachts oft schlimme

Atemnotanfälle nach meiner Lungenentzündung als Baby. Tante Inge achtete während unserer Abwesenheit auf Omma. Omma konnte auch nicht für ein paar Stunden alleine gelassen werden, da sie zwischendurch Hilfe brauchte. Freundlicherweise achtete Tante Inge auch unaufgefordert auf unsere Wohnräume. Sie wusste ganz genau, was bei uns in den Schränken war, und wie es darin aussah. Hilfsbereit und fleißig war sie immer. Beim Abtrocknen während einer Feier bei uns, hatte sie ein älteres Trockentuch erwischt und meinte, Mama hätte doch noch neue oben im Schlafzimmerschrank, ob sie die nicht mal benutzen wolle. Daher wusste Mama, dass sich Tante Inge bei uns bestens auskannte und wir brauchten uns keine Sorgen zu machen, dass während unserer Abwesenheit etwas wegkommen würde.
Bei Onkel Willi Emmerich angekommen sprangen wir gleich aus dem Auto. Georg und Wolfram beobachteten unsere Ankunft vom Küchenfenster aus und schlugen gleich

Alarm. Vor Freude, dass wir uns endlich mal wiedersahen, hüpfte Georg mit dem Spitz-Collie-Mischling Teddy über das Sofa, das wie bei uns, auch in der Küche stand. Er rannte von da aus durch die Schwingtür in den Flur und Papa direkt in die Weichteile. Papa freute sich riesig über Georgs stürmische Begrüßung, so sehr, dass ihm sogar die Luft wegblieb. Das Mittagessen stand schon auf dem Tisch und wir aßen und quatschten erst einmal in Ruhe. Nach dem guten Essen drückte es, also hinten. Die Natur forderte ihren Tribut. Ich kannte mich ja aus und machte mich schnellstens auf den Weg zum ersehnten Thron. An den Kuhständen vorbei, danach rechts abbiegen, durch den Schweinestall, wo am Ende in einer Ecke ein Räumchen abgeteilt war, und ich war da. Jetzt nur noch die Buchse runter und „ah" ich konnte mir in Ruhe Luft machen. Ungewöhnlich war schon, dass sich neben dem Toilettentopf ein großes Fenster mit klarer Scheibe befand, das vom Boden bis fast zur Decke reichte. Ich konnte die

Autos auf der naheliegenden Autobahn beobachten. Beobachtet, wie ich da so saß, hatten mich auch Georg und Wolfram, die von außen an der Scheibe standen und winkten. Ich winkte freundlich zurück und sah zu, dass ich fertig wurde. Endlich konnte ich entspannt mit den anderen spielen. Nach dem Kaffeetrinken zog Onkel Willi sein Arbeitszeug an, es war an der Zeit die Kühe zum Melken reinzuholen. Er fragte uns, ob wir mitkommen wollten. Vom Grunde her kannten wir das von unserem Hof. Aber warum nicht? Die Kühe wurden gerufen, und man trieb sie auf der Wiese zusammen, damit sie in den Stall laufen konnten. Doch wir staunten nicht schlecht, als Onkel Willi zu einem alten Audi ging und uns sechs Kinder bat, einzusteigen. Kurz darauf rasten wir über die großflächigen Wiesen. Der Audi hüpfte wie ein Känguru durch die kleinen Wassergräben und Schlaglöcher. Onkel Willi, der Heinz Erhard aus dem Fernseher ziemlich ähnlich sah, hielt sich am Lenkrad fest, rückte zwischendurch seine Hornbrille zurecht, weil er von seinem Sitz aus bis an den Autohimmel flog. Wir Kinder flogen auch kreuz und quer, hoch und runter. Wir haben uns vor Lachen nicht mehr eingekriegt. Das war eine Mords Gaudi und viel zu schnell vorbei. Als alle Kühe im Stall waren, fing der Rallye-Onkel gleich mit dem Füttern an. Wir verabschiedeten uns direkt und fuhren wieder nach Hause. Da war das Kinderkarussell auf der traditionellen Mauritius Kirmes, die immer im September stattfand bei uns im Dorf, ein Dreck gegen. Vor allem hatte da mal wieder unser Bruder das Kommando. Als wir ein paar Runden gedreht hatten, rief uns Mama zu „letzte Fahrt". Wilhelm rief uns daraufhin zu: „Alle in die Bimmelbahn!" Als das Karussell angehalten hatte, stürmten wir vier direkt die kleine Bahn auf dem Karussell. Alle schnell rein und die kleine Tür von innen feste zuhalten. Mama hatte keine Chance, uns dort heraus zu bekommen. Auch die Helfer des Karussells versuchten uns mit ihren langen Krakenarmen durch die kleinen

Fenster der Bahn zu fassen. Brachte nur
nichts, wir waren flinker. Mama musste neue
Fahrchips kaufen, da wir sonst die
Weiterfahrt verhindert hätten, und als
Schwarzfahrer durften wir auch nicht
mitfahren. So hatten wir uns noch auf
arglistige Weise eine Runde erschlichen. Die
Kirmes war für uns ein Highlight und im
Kindergarten das Gesprächsthema Nr.1,
obwohl die Erntedankzeit schon begonnen
hatte. Dazu wurde Papa jedes Jahr gebeten,
eine Bollerkarre aus dem Kindergarten mit
Erntedankgaben zu bestücken, was er auch
gerne machte. Mit dieser Bollerkarre zogen
alle Kinder aus der Einrichtung feierlich in
unsere Kirche ein, um das Erntedankfest zu
feiern. Mit dem Herbst brach die etwas
ruhigere Zeit an. Wilhelm las mir dann schon
mal freiwillig aus seinen Tierbüchern vor.
Wie groß ein Wal war und, dass man sogar
in seinem riesigen Bauch rumlaufen könnte.
Oder, dass der Hühnerbussard einen dicken,
großen Körper hatte mit riesigen Schwingen.
Alles zusammen eine Spannweite von über

2m. Damit ich mir die Größe besser vorstellen konnte, nahm er als Beispiel unsere Küchentür. Außerdem hätte dieses faszinierende Tier ganz scharfe Krallen, mit dem er alles greifen konnte und super scharfe Augen. Selbst aus schwindelerregenden Höhen könnte der Bussard noch alles glasklar erkennen. Mir blieb vor Staunen der Mund offenstehen. Neugierig wie ich war, wollte ich wissen, wo der Bussard wohnt. Auch diese Frage konnte mir mein großer Bruder sofort beantworten. „Bei uns im Wald", sagte er, (der direkt oberhalb des Hofes lag) „in einem riesigen runden Nest." Da war ich baff. Für das Vorlesen von Märchen war Mama zuständig. Rumpelstilzchen, Froschkönig und Schneeweißchen und Rosenrot. Bei diesem Märchen schauderte es mich immer, denn da wurde ein kleiner frecher Zwerg von einem riesigen Greifvogel mit seinen scharfen Krallen gepackt. Schneeweißchen und Rosenrot retteten Gott sei Dank den kleinen Zwerg. Auch meine Freundin Meter, die mit ihrer Familie ca. 500 Meter unterhalb von uns wohnte, musste mir, als sie später lesen gelernt hatte, oft vorlesen. Meter war ein Jahr älter als ich und von Anfang an meine allerbeste Freundin. Die „Beiden" hatten sie mir vorgestellt und gemeint, ich könnte doch besser mit Meter spielen, als immer mit ihnen zu Antje und Stella zum Spielen zu gehen. Ich glaubte, die wollten mich los werden. War mir egal, denn ich war bei denen sowieso nur das fünfte Rad am Wagen und zwischen Meter und mir stimmte halt die Chemie. Außer an den Wochenenden war ich jeden Tag unten bei Meter. Um achtzehn Uhr musste ich zu Hause sein. Es gab auch Tage, an denen ich spät dran war. Ich versuchte dann eine Abkürzung über die Wiesen hinter Meters Haus und unserer Scheune zu nehmen. Als ich mitten auf der Wiese war, sah ich, oh Schreck, den Bussard über mir kreisen. Er suchte also eine Beute. Ich wollte aber nicht wie der kleine freche Zwerg enden, schließlich war kein Schneeweißchen oder Rosenrot in Sicht, die mir hätten helfen können. Ich hatte nur eine Chance. Losrennen und immer, wenn ich meinte, er hätte mich gesehen, ließ ich mich in das nasse, hohe Gras fallen, in der Hoffnung, er würde mich nicht sehen. Ganz ruhig wartete ich ab, bis er sich ein bisschen entfernte. Mein Herz schlug mir bis zum Hals, und ich hoffte, dass ich mit dieser Aktion mein Leben würde retten können. Papa, der mich die ganze Zeit von der Scheune aus beobachtet hatte, was ich aber beim Hinschmeißen und Losrennen nicht bemerkt hatte, dachte, ich wäre nicht ganz dicht. Er schaute sich meine Bundeswehrübung in Ruhe an und sprach mich, nachdem ich die Straße oberhalb der Wiese liegend erreicht hatte, an. Keuchend und voller Panik erklärte ich ihm alles und war froh, dass er da war. Doch er lachte nur und erklärte mir, dass der Bussard von dort oben eine kleine Maus erkennen könne und mich als riesigen Brocken von oben sehen würde. Daher hätte er kein Interesse an mir.

Nass, aber froh ging ich die letzten Meter ganz entspannt nach Hause.

Im Eingangsbereich des Kindergartens hatte auch jedes Jahr ein großes rundes Bussardnest gehangen, mit dicken roten Kerzen. Ich war erstaunt, dass sie die Größe kannten und sogar von Woche zu Woche ein Licht mehr anzündeten. Sie nannten es Adventskranz. Für mich blieb es mein Bussardnest, da ich in vielen Dingen meine eigene Phantasie hatte und mich nicht eines Besseren belehren ließ, man könnte es auch dickköpfig nennen. Mama und Papa hatten ihr Kreuz mit mir zu tragen. Mama sagte mal: „Bis zum dritten Lebensjahr war sie lieb, aber dann…" - Eines Morgens versuchten sie, mir eine Strumpfhose anzuziehen, was ich absolut nicht wollte. Schließlich hatten die Jungen lange Unterhosen an, was ich viel besser fand, weil sich diese anscheinend besser anziehen ließen. Das Strumpfhosenanziehen tat immer weh, weil Mama mich dabei in die Beine kniff. Außerdem saßen sie so blöd zwischen den Beinen und einen Schlitz hatten die dort auch nicht. Ich wehrte mich mit allen Kräften. Mama und Papa schafften es nicht einmal, meine Füße in die der blöden Strumpfhose zu bringen. Tante Inge kam später zu allem Überfluss auch noch dazu, und nachdem sie sich das Durcheinander angeschaut hatte, meinte sie: „Das kann doch wohl nicht so schwer sein, einem Kind eine Strumpfhose anzuziehen. Lasst mich mal ran." Na, die sollte mich kennenlernen, dachte ich mir. Tante Inge nahm die Strumpfhose, krempelte sie auf, nahm ein Bein von mir und wollte es ganz emsig in ein Hosenbein bringen. Ich ließ sie erstmal machen, damit sie ein Erfolgserlebnis hatte, wartete aber gleichzeitig den richtigen Zeitpunkt ab. Als ihr Gesicht tief genug war, holte ich mit meinem anderen Bein aus und trat ihr volle Pulle ins Gesicht. Na, die ist vielleicht geflogen. Treffer und versenkt. Tante Inge rang um Fassung, schimpfte wie ein Rohrspatz und ließ mich endlich in Ruhe. Es

tat mir schon ein bisschen leid, zu solchen heftigen Methoden greifen zu müssen. Aber wenn sie mir ganz sachlich erklärt hätten, dass Mädchen nun mal keine langen Unterhosen trugen und beim Anziehen etwas vorsichtiger gewesen wären und mich nicht ständig gekniffen hätten, hätte ich brav stillgehalten. Erwachsene müssen eben noch viel lernen, das hätten sie leichter haben können.
Wie es wohl meinem kleinen Prinzen aus Burg-Altendorf gehen würde? Da er ja auch schon so ein großes Kindergartenkind wie ich sein musste oder besuchte er gar keinen Kindergarten? Musste er sich mit seinem großen Bruder Franko rumärgern? Hatte er auch ein Tanten- und Strumpfhosen Problem, so wie ich? Fragen über Fragen! Aber wer weiß das schon. Ich wusste auf jeden Fall, dass Weihnachten nicht mehr weit entfernt war. Es lag so ein Kribbeln in der Luft und Mama sagte, dass wir unsere Schuhe putzen müssten und sie danach auf die Treppe stellen sollten, damit der

Nikolaus lieben Kindern etwas hineinlegen könne. Sollten wir uns wirklich die Mühe machen und die Schuhe putzen? Mama hatte "liebe Kinder" ganz besonders betont, das war bei uns so eine Sache mit dem liebsein und in den Jahren zuvor standen auf jeden Fall am Nikolausmorgen Schlucker- schluck-Teller vom Nikolaus auf dem Wohnzimmertisch. „Schluckerschluck" war wieder so ein Ausdruck von uns, wo wir Süßigkeiten mit meinten. Das war immer ganz besonders schön. Wir hatten also nichts zu verlieren und putzten. Außerdem waren wir von Haus aus fleißige Kinder. Wir halfen Mama im Haushalt und Wilhelm dem Papa im Stall, wir backten Spritzgebäck wie am Fließband, und um „unser Omma" kümmerten wir uns auch noch mit. Das sollte wohl reichen. Mama überlegte, was es an den Feiertagen zu Essen geben sollte und im Kindergarten hing schon mein Bussardnest. Mein fünfter Geburtstag wurde auch noch mit der ganzen Sippschaft während der Adventszeit gefeiert, und dann war das Christkind dran. Die Vorfreude war riesig und kaum noch auszuhalten. Eines Morgens erwähnte Papa, dass er noch ziemlich viel Arbeit hätte und die Schweineställe müsste er auch noch ausmisten. Es war so weit, wir hatten endlich den 24. Dezember, denn jedes Jahr, wenn Papa meinte, er müsste noch die Schweineställe ausmisten, war Heiligabend. Warum das so war, weiß ich auch nicht, auf jeden Fall hatten sich Mama und die Zwillinge tierisch darüber aufgeregt und sich mit Papa in die Haare bekommen, der sich dann ziemlich sauer auf seinen heißgeliebten Taubenschlag zurückzog. Wir machten im Haus klar Schiff, gingen alle vier nach der üblichen Sitzordnung in die Badewanne und zogen die schönsten Sachen, die wir "für Gut" im Schrank hatten, an und fuhren mit Mama zur Kirche. Der Dom war weihnachtlich geschmückt und sah noch schöner aus als sonst. Wunderbar! Als die Kirche aus war, wurde es schon langsam dunkel und Mama hatte den argen Verdacht, dass das Christkind schon zu Hause gewesen sein könnte. Wir heizten unsere Mutter an, Gas zu geben, damit wir das Christkind vielleicht erwischen und endlich mal sehen könnten. Die Wohnzimmertür wurde von Papa zugehalten, als wir reinkamen. Er vermutete, das Christkind sei noch nicht fertig mit dem Geschenkeverteilen, und wir sollten es nicht stören, sonst könnte passieren, dass es im nächsten Jahr nicht wieder kommen würde. Die Spannung war kaum noch zu ertragen, wir zappelten vor der Tür rum und dann, als Papa meinte, er würde im Wohnzimmer nichts mehr hören, machte er die Tür endlich auf. Wir stürmten los und blieben gleich wieder stehen. Geschenke, alles war voller Geschenke. Sofort wurde alles ausprobiert und unter die Lupe genommen. Eine Puppe mit langen blonden Haaren war unter anderem auch für mich dabei, ob das Christkind wusste, was mit meiner alten Puppe geschehen war? Ich liebte das Christkind, denn außer an Weihnachten, und zu den Geburtstagen gab es bei uns nichts. Nebenan, in Ommas Wohnküche, sollte es weitergehen. Wir trafen uns alle Jahre wieder mit der gesamten Familie dort, damit das Familienoberhaupt ihre Lieben um sich hatte, und nicht alleine war. Da war es egal, ob Omma die Turbulenzen mit ihrer Krankheit ertragen konnte. In der Mitte des Raumes stand ein ausgezogener Küchentisch, auf dem für jedes Enkelkind ein Weihnachtsteller und ein gut bedachtes Geschenk stand. Wir Kinder sausten um diesen Tisch herum und versuchten für jeden einzelnen den richtigen Platz zu finden. Von den Tanten und Onkels wurden auch noch Geschenke verteilt. Die Geräuschkulisse war nicht mehr zu toppen. Alle redeten durcheinander, Papier knisterte, zwischendurch hörte man immer mal ein „Frohe Weihnachten" und Gläser aneinander klirren. Die Onkels schnösselten sich schon mal ein Bierchen und wurden mit jedem Schluck lauter. Ich wusste zu Anfang nie, wo „unser Omma" eigentlich gesessen hatte, die in dem ganzen Durcheinander nicht zu sehen war, schließlich befanden sich in dem nicht allzu großen Raum mehr als 20 Familienmitglieder. Nach der Bescherung wurden die Geschenkpapierhaufen entsorgt, der Tisch freigeräumt und eingedeckt. Omma war auch endlich zu sehen, und sie freute sich auf das spartanische Essen. Kartoffelsalat mit Bockwürstchen. Für eine große Arbeiterfamilie an diesem besonderen Abend völlig ausreichend. Während des Essens wurde noch fröhlich weiter gesabbelt und das eine oder andere Gläschen getrunken. Zu fortgeschrittener Stunde klingelten nicht die Glöckchen, sondern unsere Ohren. Es reichte einfach, und nicht nur unser Omma war froh, dass sie müde, aber zufrieden ins Bett konnte. Die Familie hatte beschlossen, dass der erste und zweite Feiertag zur freien Verfügung stand, und jede Familie durfte an diesen für sich feiern. Silvester trafen sich Mama und Papa mit ihrem Klübchen, das mit ihnen, aus fünf Pärchen bestand. Meters Eltern, Tante Inge

und Onkel Herbert gehörten auch dazu.
Jeder Geburtstag wurde in gemütlicher Runde gefeiert und Silvester ging es reihum. Ein Jahr bei Meters Eltern, im nächsten Jahr z.B. bei uns usw. Da ging es ruhiger zu als an Weihnachten, obwohl die Erwachsenen oft sehr albern sein konnten.
Einen Tag vor Silvester fing es an zu schneien. Da unser Hof recht hoch lag und wir dadurch einen tollen steilen Berg zum Schlittenfahren hatten, brauchten wir nur noch unsere Schlitten klar machen. Dazu nahmen wir Speck und rieben damit die Kufen ein. Jetzt musste nur noch reichlich Schnee fallen. Mama suchte uns warme Sachen „für alt" raus, Schal um, Bommelmütze auf und es konnte losgehen.
Den ganzen Tag waren wir draußen und fuhren den Berg mal sitzend, mal mit einem Bauchfletscher, also auf dem Schlitten liegend, hinunter. Kurze Pausen wurden zwischendurch eingelegt, um uns drinnen bei einem von Mama gekochten Kakao aufzuwärmen. Das war so eine Art

Boxenstopp, weil wir dann auch unsere nasse Kleidung direkt wechselten. Mama konnte dann die Hosen und Jacken über dem Kohleofen trocknen bis wir wieder zum nächsten Boxenstopp reinkamen. Wir konnten den Hals nicht vollkriegen, besorgten uns als es dunkel wurde Taschenlampen, die wir vorne an unseren Schlitten festbanden, und die Abfahrt konnte weiter gehen. In den Tagen danach kamen immer mehr Kinder zum Schlittenfahren, wodurch der Schnee gut plattgefahren und der Berg immer schneller wurde. Papa und Mama mussten uns abends bestimmt zehnmal rufen, damit wir reinkamen und Feierabend machten. Wilhelm meinte, das wäre schon ok, denn wir müssten ja noch die Nachrichten gucken, um zu erfahren, wie das Wetter in den nächsten Tagen sein würde. Papa wunderte sich, dass wir auf einmal so interessiert die Nachrichten anschauten, was natürlich seinen Grund hatte. Bei Glatteiswarnung reagierten wir sofort, machten Eimer mit Wasser voll und kippten

sie draußen auf unserem Rodelberg aus, damit sich eine schöne Eisfläche bilden konnte. Papa schlug die Hände über dem Kopf zusammen als er bemerkte, was wir da schon wieder anstellten. „Kinder, seid ihr denn verrückt?" sagte er voller Entsetzen. „Der Milchwagen kann doch die Milch nicht abholen, wenn hier überall Eis ist und die Milchkühlung ist auch bald voll." Er redete mit Oskar, dem Fahrer des Milchwagens, dass er auf dem Hof umdrehen und über den Bahrenberg zurückfahren müsste, da es zu gefährlich sei, mit dem großen LKW den Berg runterzufahren. Was interessierte uns der Milchwagen. Wir hatten unser Ziel erreicht und mittlerweile fuhren wir nicht den Berg hinunter, nein, wir rasten und überholten uns sogar mit den Schlitten gegenseitig, da musste man schon aufpassen, dass unterwegs die Bommelmütze nicht flöten ging.
Am Ende unserer Schlittenbahn bauten wir eine Sprungschanze, von da aus konnten wir in die darunter liegende Wiese fliegen. Ab

und an reihten wir die Schlitten hintereinander auf, damit wir mit unserem Zug alle zusammenfahren konnten. Frieda und Ida saßen am Ende des Zuges. Nach dem Start fuhr der Zug noch wie auf Schienen, doch als wir immer schneller wurden, brachen die hinteren Schlitten von Frieda und Ida aus und schleuderten hin und her. Wir kreischten und juchsten vor Spaß. Die Zwillinge konnten sich nicht mehr halten und flogen eine nach rechts in die Böschung und die andere nach links in die Wiese. Die restlichen Fahrgäste konnten sich halten und rasten weiter auf die Sprungschanze zu. Das war nicht gut, denn nachdem Wilhelms erster Schlitten die Schanze passiert hatte, krachten die restlichen zu einem großen Haufen zusammen. Das ging leider nicht ohne leichte Blessuren aus. Doch unser Leitspruch lautete in solchen Situationen: „Ein Indianer kennt keinen Schmerz." Der Kracher wurde trotzdem als „Wahnsinn" beurteilt. Nachdem wir mit rotgefrorenen Wangen und Nasen die Schlitten

auseinandergefummelt hatten, zogen wir sie wieder den Berg hoch, wo wir die verlorenen Schwestern wieder einsammeln konnten.
Mama und Papa hatten derweilen Pläne für eine weitere Renovierung geschmiedet. Wilhelm sollte ein eigenes Zimmer neben dem Elternschlafzimmer, und die Zwillinge sollten ein Zimmer schräg gegenüber von Ommas Zimmer bekommen. Diese Räume sollten vom Dachboden abgenommen werden. Als der Schnee geschmolzen war und die Tage wieder länger wurden, fing Papa mit Hilfe von Nachbar Karl und dessen Schwiegersohn Fredi, die ganz oben auf dem Berg wohnten, an zu renovieren. Die Renovierung musste mal wieder neben der Arbeit auf dem Hof laufen. Obwohl Papa fleißige Helfer hatte, ging es nur langsam voran. Ostern rückte auch immer näher, wobei wir jedes Jahr am Ostersamstag ein Osterfeuer anzündeten. Gleichzeitig war dieses Osterfeuer eine gute Gelegenheit, überflüssiges Bauholz von der Renovierung

und alles, was auf dem Hof überflüssig war und verbrannt werden durfte, loszuwerden. Nach dem Samstagabendbad zogen wir uns dicke Jacken und Hosen über unsere Schlafanzüge, hockten uns nicht vor die Flimmerkiste, sondern gingen mit unseren Eltern zum Feuer, das unterhalb unseres Hofes auf der Wiese abgebrannt wurde. Manchmal haben wir auch Folienkartoffeln im Feuer gebacken. Das Osterfeuer war für uns sechs jedes Jahr ein traditionelles Muss. Der brennende Haufen war ganz schön groß, und es war schön, die lodernden Flammen anzuschauen. Sie machten uns richtig müde, da hatten wir keine Lust auf irgendwelche Streiche oder originelle Einfälle. Das haben wir einfach genossen. Mama legte auf die Fastenzeit vor Ostern Wert. Sie hatte darauf geachtet, dass wir kein Schluckerschluck aßen, doch ab und an drückte sie beide Augen zu, wenn sich mal die Gelegenheit geboten hatte, kaufte aber selber keine Süßigkeiten ein. Das war für uns nicht immer leicht, die Fastenzeit hinter uns zu bringen, da wir alle Schleckermäulchen waren. Unsere Disziplin wurde aber dadurch gefördert. Ostern durften wir dann endlich wieder Schluckerschluck, ohne ein schlechtes Gewissen haben zu müssen, essen. Unsere Mutter achtete sonst auch darauf, dass wir nicht allzu viele Süßigkeiten aßen. Wenn wir nach Hattingen zum Einkaufen fuhren, durfte sich jedes Kind immer nur ein Teil aussuchen und dann war Schluss. Das kannten wir und haben es so ohne Murren und Knurren akzeptiert. Zum Zweiten fehlte auch das nötige Kleingeld, um eine sechsköpfige Familie ständig mit Schluckerschluck zu versorgen. Eier und Milch kauften wir natürlich nicht ein, die hatten wir selber Zuhause. Ab und an bat Mama uns die Hühner zu füttern und gleichzeitig die Eier einzusammeln. Stella war an einem Tag mit von der Partie und half fleißig mit, bis sie beim Eiereinsammeln einen kleinen echten Teddy oder so was ähnliches gefunden hatte. Der war gar nicht scheu und ließ sich auf ihrem Unterarm streicheln. Es sah so aus als wenn es dem flauschigen Tierchen gefallen würde, denn er zeigte seine kleinen spitzen Zähne als wenn er lachen würde. Das mussten wir unbedingt Mama zeigen und riefen ganz hektisch nach ihr. Mama kam und sah den Marder auf Stellas Arm sitzen. Sie erschrak und befahl Stella das Tier sofort los zu lassen. „Aber der ist doch so süß" sagte sie. Als der Marder zubeißen wollte, nahm Mama reflexmäßig eine Schüppe, stieß das wilde Tier von Stellas Arm und haute wie besessen auf ihn ein bis er leblos am Boden liegen blieb. Nun hatte sich Mama zu einem wilden Tier entwickelt und kämpfte wie eine Löwin um ihr Junges. Der Marder hatte keine Chance seinem Schicksal zu entfliehen. Wir schrien vor Entsetzen. Stella heulte und jammerte um den Marder. Mama erklärte ihr, dass es keine andere Möglichkeit gegeben hätte, da das Tier vermutlich krank gewesen wäre. Dafür brauchten wir auch keine Eier mehr einsammeln und durften spielen gehen. Papa hatte von dem allem natürlich nichts mitbekommen, weil er auf dem Feld oder auf der Baustelle beschäftigt war. Eier einsammeln und kranke Marder totschlagen war Frauensache. Trotz solcher kleinen Zwischenfälle und der ganzen Arbeit, die unsere Eltern hatten, schafften sie es noch vor Wilhelms Kinderkommunion, sein Zimmer fertigzustellen. Der war stolz wie Bolle, in sein eigenes Reich einziehen zu können.

Seine erste heilige Kommunion wurde bei uns im Wohnzimmer gefeiert, das vorher auch noch mal eben tapeziert wurde. Tante Inge hatte dafür die Tapeten ausgesucht, vielleicht weil Mama keine Zeit mehr dafür gefunden hatte. Auf jeden Fall sah alles sehr gut und ordentlich aus. Auch Wilhelm, in seinem dunklen Anzug mit Fliege, glänzte. Die ganze Sippe hatte sich ebenfalls für Wilhelms großen Tag in Schale geschmissen, und es wurde ein gelungenes Fest. Nun hatte uns der Alltag wieder. Papa bestellte seine Felder und arbeitete nebenher mit seinen fleißigen Helfern weiter an der Renovierung des Zimmers für die Zwillinge. Wir Kinder fuhren mit Mama nach Hattingen zum Einkaufen. Wilhelm durfte sich von dem Geld, was er zur Kommunion bekommen hatte, etwas ganz Persönliches aussuchen, der Rest wurde auf sein Sparbuch für später eingezahlt. Für meine Schwestern stand auch ein wichtiger Einkauf an, denn sie wurden im Sommer eingeschult und brauchten ganz viele verschiedene Dinge wie Hefte, Stifte, Mappen usw., und natürlich Schultüten und Tornister. Das war nicht ganz leicht zwei gleiche Tornister zu finden, die beiden Mädchen gefielen. Nach langem Gucken und Aufsetzen fiel die Wahl auf zwei absolut gleiche gelbe Ledertornister. Das war eine schwere Geburt. Genauso könnte man die Klamotte beschreiben, als Papa versuchte, Ida einen Wackelzahn zu ziehen. Alleine bekam sie ihn nicht raus, also musste Papa ran. Der nahm kurzerhand eine kleine Wasserpumpenzange, und sagte zu Ida: „Mund auf, welcher ist es denn?" Ida zeigte auf den Zahn. Papa setzte die Zange an und wollte mit einem Dreh und Ruck den Milchzahn rausziehen, was aber nicht ging. „Dat gibt et doch wohl nicht," sagte Papa und zog eifrig weiter. Ida gestikulierte, dass er aufhören sollte und brachte nur ein undeutliches „Stopp" heraus und nuschelte: „Meine Lippe." Mit einer Zange im Mund, spricht es sich nicht so gut. Kein Wort hatte Papa verstanden, dabei wollte Ida ihm nur sagen, dass er mit der Zange nicht nur den Zahn erwischt hatte, sondern auch ihre Unterlippe. Papa hielt sich dran, und zog noch mal. Ida jammerte wie ein Hund und zeigte immer auf die Zange, bis er nach genauem hin schauen bemerkte, dass die Lippe dazwischen hing. Sofort hörte er auf, entschuldigte sich bei Ida, und meinte, er bräuchte wohl eine Brille, setzte die Zange nochmal neu an und Flupp, da war das Zähnchen draußen. Die Lippe von Ida sah aus als wenn sie einen zehn Runden Boxkampf hinter sich gebracht hätte, da half nur noch kühlen.

Beim Tapezieren des letzten renovierten Zimmers hing nichts dazwischen, außer wir Kinder vielleicht schon mal, da ging alles glatt. Nachdem die letzte Tapete an der Wand klebte fuhr Mama nach Burgaltendorf, um im Möbelgeschäft, Möbel für die „Beiden" zu bestellen. Papa war stolz, dass alles so schön geworden war und froh, dass die Renoviererei ein Ende hatte. Die Überbelegung ihres Schlafzimmers war für unsere Eltern auch nicht gerade prickelnd gewesen. So waren schon mal drei Kindsköpfe in ihren eigenen Zimmern. Meine Anwesenheit mussten sie weiter hinnehmen. Papa war aber nicht nur Bauer, Renovierer, Tapezierer und Taubenzüchter, nein, er war auch noch unser Friseur. Auf jeden Fall bis zu dem Zeitpunkt als man uns noch erzählen konnte, wie schön Papa doch die Haare schneiden kann. Diese mussten bei den angehenden I-Dötzchen auf jeden Fall auch noch in Form gebracht werden, bevor sie zum ersten Mal in die Schule gehen durften. Das Familienoberhaupt nahm

zielstrebig eine Schere aus der Küchenschublade, forderte Frieda auf, auf einem der Küchenstühle Platz zu nehmen, legte ihr ein Handtuch über die Schultern und kämmte die braunen, schulterlangen Haare durch. Ida sagte: „Papa, denk dran, nur die Spitzen sollen geschnitten werden. Wir wollen unsere Haare wachsen lassen."
„Ja, ja" antwortete Papa beiläufig, während er schon die ersten Strähnen abgeschnitten hatte. Die Schere quietschte bei jedem Schnitt. Papas Zunge steuerte sie einmal um Friedas Kopf herum. „So fertig," sagte er. Doch nach genauem Hinschauen stellte Mama fest, dass Frieda den Kopf nicht schief gehalten hatte, sonder dass die Haare schief geschnitten waren. Also noch mal von vorne und noch mal und noch mal. Papa versuchte sich wirklich zu konzentrieren und schnitt mit Hilfe seiner Zunge immer ein Stückchen mehr ab, bis die Haare auf einmal rappelkurz waren. Ida, die auch noch den Kopf hinhalten musste, sagte völlig entsetzt zu Papa: „Du wolltest doch nur die Spitzen schneiden, so

haben wir nicht gewettet." Papa antwortete darauf völlig uneinsichtig: „Die Spitzen waren eben etwas länger gewesen, und außerdem sehen die kurzen Haare viel besser aus, als die ollen Plurköppe." Ida wollte nun mal das Spiegelbild ihrer Schwester bleiben, auch wenn sie die langen Haare schöner fand, es half nichts, die Haare mussten ab. Am nächsten Tag sah Onkel Herbert die Zwillinge mit ihren neuen Frisuren oder ist es besser, wenn ich sage, „mit den geschnittenen Spitzen". Der meinte, der Pony wäre gegenüber dem Rest zu lang. Er würde ihnen den Pony so schneiden, dass er der Frisur den nötigen Pfiff verleihen würde. Er hätte da eine super Idee. Gesagt getan, wenige Minuten später saßen die Zwillinge bei Tante Inge und Onkel Herbert in der Küche, wo Onkel Herbert den Pony den Rundungen der Augenbrauen nachschnitt und ihn in der Mitte spitz zulaufen ließ. Nun waren Hopfen und Malz verloren. Meine Schwestern sahen aus, als wenn sie gerade von einem anderen Stern gelandet wären. Total bescheuert. So sollten die Armen nun in die Schule gehen, was sie auf gar keinen Fall wollten. Da wären sie mit Sicherheit nur ausgepfiffen worden. Das meinte der hilfsbereite Onkel bestimmt mit dem nötigen Pfiff. Eine andere Erklärung, konnte es dafür nicht geben. Papa musste wie so oft das ganze wieder richten und noch mal ran, bis kaum noch ein Pony zu sehen war. Endlich konnte der erste Schultag kommen. Trotz ihres „Top Ten Haarschnittes" sahen meine lieben „Beiden" ganz entzückend aus. Sie hatten rote Blazer, die mit weißen, dünnen Streifen durchzogen waren, blaue, kurze Röcke, weiße Kniestrümpfe und Sandalen an. Ihre Zuckertüten hielten sie feste im Arm und trugen ganz stolz ihre gelben Ledertornister auf dem Rücken. Nichts sollte die Freude auf die Schule und das, was vor ihnen lag, bremsen können. Nur wussten sie da noch nicht, dass sie sehr wohl gebremst, und ihnen jegliche Freude am Lernen und der Grundschule genommen werden sollte.

Eine große Überraschung für die Schulanfänger gab es, als sie nach ihrem zweiten Schultag ihre neuen Möbel bewundern konnten, die am Morgen vom Möbelhaus geliefert und aufgebaut worden waren. Nach der Schule rannten sie sofort die Treppe hinauf, um die neuen Möbel zu bewundern. Ihre großen Augen strahlten, und ihre kleinen Hände hielten sie vor Freude, als sie die Möbel sahen, zu Fäusten geballt vor den Mund. Meine Güte, war das ein toller Augenblick. Sofort wurden die Betten einem Härtetest unterzogen und als Trampolin zweckentfremdet. Die überglücklichen Schulkinder wollten auch ihren Beitrag zu ihren neuen Zimmern leisten und malten am Abend die neuen Tapeten mit rosa Hasen an. Große Hasen, kleine Hasen, dicke und dünne Hasen waren über den Nachtschränken und den Betten zu sehen. Am nächsten Morgen beim Wecken wäre Mama bald wieder rückwärts rausgegangen, als sie das Maleur entdeckt hatte. „Das kann doch wohl nicht wahr sein," sagte Mama geschockt. Die Mädels sahen das völlig anders und wiesen auf die bombastisch großen Ohren hin, die selbst die kleinen Hasen hatten. Mama meinte, sie würde nicht noch mal tapezieren, dann müssten die fürchterlichen rosa Hasen eben da bleiben, wo sie sind.

Im Kindergarten musste ich nun ohne meine Schwestern oder Cousine auskommen, aber Antje, Jochen, der immer von Tante Inge in den Kindergarten gebracht worden war, und Mike waren ja auch noch da. Der hatte, anstatt sich mit mir zu verbünden oder mir zu helfen, wenn es eng werden würde, nichts Besseres zu tun, als ein paar Jungen zusammen zu trommeln und mich mit deren Hilfe hinter den Kindergarten zu schleifen, um mich dort an einen Baum zu fesseln. Ich blieb ganz ruhig und fing nicht an zu heulen. Den Gefallen wollte ich den blöden Jungs nicht tun, sonst hätten die sich noch ein Bein ab gefreut. Antje und Jochen würden vielleicht auch bemerken, dass ich fehle und Bescheid geben. Ich hoffte aber viel mehr darauf, dass Frau Moselzart spätestens beim Durchzählen, nachdem wir alle rein gerufen worden waren, bemerken würde, dass ein Kind fehlte. Es dauerte wohl etwas, bis sie mich gefunden hatte, aber letztendlich war es so, wie ich erhofft hatte, und sie band mich los. Mike schien mir in dieser Situation wie ein Judas, ein Verräter aus den eigenen Reihen, den sollte ich mir besser vom Hals halten. Auch, wenn es für ihn nur ein „dummer Jungen Streich" war, war ich ziemlich sauer auf ihn.

Während ich mich über Mike ärgern musste, hatten Stella, Frieda und Ida ihr Kreuz mit ihrer Lehrerin zu tragen. Diese Person machte den dreien den Schulalltag zu einem Graus, was unseren Eltern zu Beginn gar nicht aufgefallen war. Die Lehrerin mochte anscheinend keine Kinder aus unserer Familie, was sie im Laufe der Schulzeit ziemlich stark zu spüren bekamen. Nachmittags, wenn meine Geschwister ihre Hausaufgaben erledigt hatten, waren wir viel an der frischen Luft. Langeweile kannten wir nicht. Schließlich waren wir genügend Kinder und genug Platz zum Spielen hatten wir auch. Einmal mussten wir uns mit Mutproben auseinandersetzen, sonst wäre man nicht in unseren Club aufgenommen worden: Mit kurzer Hose, Rock und T-Shirt durch einen Brenneselhaufen laufen, von unserm Schuppendach, was auch unser Clubhaus war, springen, zuschauen, wie ein Huhn geschlachtet wurde und auf einem Schwein reiten. Allerdings war das Schweinereiten den Jungen vorbehalten. Wir Mädchen durften uns nur mit dem Anfeuern begnügen. Bei dieser Disziplin machte auch Meters Bruder Horst und Cousin Rudi, Jochens älterer Bruder, mit. Unsere Schweine waren im Sommer bei schönem Wetter schon mal draußen. Wenn dann eine Sau am Wiesenzaun stand, sprang einer von den Jungen auf das Schwein und musste versuchen, wenn das Schwein vor Schreck losgelaufen war, sich möglichst lange zu halten und mitreiten. Fünf Sekunden war die Mindestzeit die eingehalten werden musste.

Ansonsten wurde der Ritt als ungültig gewertet. Frieda und Ida konnten leider nicht immer alles mitmachen, denn sie mussten lernen oder zum Nachhilfeunterricht. Blöde Schule, dachte ich dann immer. Auch Antje musste, als sie ein Jahr später die Schule besuchte, unter dieser Lehrerin leiden. Meine Cousinen und Schwestern waren ganz normale Schülerinnen, die trotz Nachhilfe kein Bein auf den Boden bekamen.

Mama und Papa sahen die schulischen Probleme zuerst bei ihren Töchtern und nicht bei der Lehrerin. Wie sich später herausstellte, gab es noch zwei drei andere Kinder, die das gleiche Problem mit dieser Lehrerin hatten. Die Eltern dieser Kinder und unsere Eltern bekamen durch einen dummen Zufall und genaueren Beobachtungen im Laufe der Zeit mit, dass diese Frau nichts Gutes im Schilde führte. Kinder aus Bauern- und Arbeiterfamilien mochte sie allem Anschein nach nicht. Meine Schwestern hatten mittlerweile Angst in die

Schule zu gehen. Ida hatte Migräne-Anfälle und nachts Albträume. Jegliches Vertrauen und Spaß am Lernen waren ihnen genommen worden. Nachdem unsere Eltern und die Eltern der anderen betroffenen Kinder sich zusammengetan und das „Problem" mit der Schule gelöst hatten, und eine andere, ganz wunderbare Lehrerin ins Rennen gebracht wurde, ging es langsam wieder Bergauf. Die Zensuren wurden ohne Nachhilfeunterricht ausgezeichnet und Ida konnte nachts wieder ruhig schlafen. Die neue, liebe Lehrerin hatte mit viel Einsatz, ganze Arbeit geleistet, um den Zwillingen die Ängste und die Unsicherheit zu nehmen und das Vertrauen in die Schule und den Lehrern wieder herzustellen. Das war nicht nur für uns Kinder, besonders für die "Beiden" eine schwere Zeit, auch unsere Eltern haben unter der Situation gelitten, obwohl Papa das nie zugegeben hätte.

Antje und Jochen sind zusammen eingeschult worden, da sie ein Jahrgang waren. Mike und ich waren auch im gleichen

Alter und hielten noch als kläglicher Rest die Stellung im Kindergarten.

Wir Kinder waren alle ungefähr im selben Alter, was bezüglich der Kindergartenzeit und im Rahmen der Einschulung sehr sinnvoll war. Es konnten immer zwei oder drei Kinder zusammen eingeschult werden oder im Kindergarten bleiben. In einer großen Familie aufwachsen zu dürfen hat diesbezüglich auf jeden Fall immer Vorteile. Selbstverständlich wurde der Zusammenhalt durch die Feierlichkeiten und wegen „unser Omma" gepflegt. Sonst hätte eine Großfamilie keinen Sinn, wenn jeder sein Ding durchziehen würde, ohne an die anderen zu denken.

Omma hatte immer ihren Namenstag gefeiert, weil das bei den streng Katholischen so üblich war. Da waren die Geburtstage zweitrangig. Sie lud dann immer ihre Leute ein. Die „alte Garde" aus Burgaltendorf, wo ja auch ihr Elternhaus stand. Ihre Geschwister mit Schwager oder Schwägerinnen kamen dann zu Besuch. Die haben alle nicht rein gespuckt. Wein, Bier und ganz besonders gut lief der "Verpoorten" Eierlikör. Wir vier haben uns als Kellner nützlich gemacht. Dabei haben wir heimlich die fast leeren Eierlikörgläser mit dem Finger ausgeschleckt, und von den Pilzkronen haben wir versucht, den Schaum zu erhaschen. Bis einer von den Erwachsenen „Du, Du, Du" gesagt, dabei mit dem Zeigefinger gedroht hat, und meinte: „Davon wirst du dumm." Bei einem der Gebissträger hatte ich den Verdacht, dass er sehr oft Eierlikörgläser und Bierschaum genascht haben musste, weil der nur dummes Zeug erzählt hatte, was für mich gar keinen Sinn ergab. Trotzdem waren Omas Leute sehr sozial und echt liebenswert. Sie brachten uns immer Schluckerschluck mit und küssten und drückten uns. Gegen Abend wurden Schnittchen gereicht, und nachdem sie die vertilgt hatten, war die Feier vorbei. Sie mussten ins Bett.

Für „unser" Omma war jede Namenstagfeier was ganz Besonderes, da sie "ihre

Verwandten" dann alle auf einmal um sich herum haben konnte. Wir wurden von Omma und ihren Gästen beim Kellnern belächelt und sehr für unseren Fleiß gelobt, auch wenn wir unseren Nutzen darin gesehen hatten, an den Eierlikör heran zu kommen.

Ommas Alltag war nicht sehr abwechslungsreich. Sie hatte oft große Schmerzen und konnte sich nur langsam an ihrem Stock bewegen. Ihre langen, grauen Haare wurden hochgesteckt und durch ein Haarnetz mit Klammern gehalten, was für ihr rundes Gesicht von Vorteil war. Außerdem stach die für ihre Familie typische Stupsnase dadurch noch besser hervor. Sie trug jeden Tag ihren Arbeitskittel, was wohl eher Gewohnheit war. Sie sah eben wie eine echte Oma aus. Manchmal habe ich mit ihr, bevor ich zu Meter zum Spielen gegangen war, „Mensch ärgere Dich nicht" gespielt, um ihren Alltag etwas zu versüßen. Wenn ich mehr Zeit hatte, spielten wir auch schon mal ein oder

zwei Stunden, wobei wir uns nie gegenseitig rausgeschmissen hatten. Es ging immer nur um die bessere Würfelzahl. Auf jeden Fall hatten wir zwei viel Spaß beim Spielen.
Viel Spaß hatten wir auch, also nicht Omma und ich, sondern meine lieben Geschwister und ich, als uns Mama zum Autowaschen verdonnert hatte. Autowaschen war nicht ihr Ding, das mochte sie gar nicht, also mussten wir ran. Während der kalten Monate wurde der Wagen selbstverständlich nicht gewaschen, denn das machte uns dann absolut keinen Spaß. Von Innen machten wir das Auto auch nicht gerne sauber, wenn der Lorenz brannte und das Quecksilber auf die 30°C zuging. In Badeklamotten und mit nackten Füßen war das schon was anderes. Zuerst wurde der Wagen mit Hilfe des Wasserschlauches nass gespritzt, wobei wir auch nicht trocken blieben. Wilhelm hatte wie immer das Kommando. Er sagte zu Ida: „So, du kletterst schon mal auf das Autodach und ich gebe dir den Schwamm an, damit du das Dach einschäumen kannst." Keine

schlechte Idee, nur Wilhelm hätte vielleicht berücksichtigen sollen, dass die Zwillinge nicht zu dick waren, sie waren einfach nur zu klein für ihr Gewicht. Könnte schon sein, dass sie Spuren in Form von leichten Beulen hinterlassen würden. Frieda und ich sollten uns um den Kofferraum und die Motorhaube kümmern. Ich hingegen war immer ein Hungerhacken, was nicht ausschloss, dass ich keine Dellen hinterlassen würde. Da unsere Arme zu kurz waren, um alle Stellen richtig einzuschäumen, stellten wir uns auf die jeweilige Stoßstange und setzten uns auf den Kofferraum oder die Motorhaube, während Hauptmann Wilhelm in einer Tour mit dem Wasserschlauch alles nass machte, was die wichtigste Aufgabe seiner Meinung nach war, damit die Sonne nicht alles antrocknen konnte. Schon mal gut, dass an der Windschutzscheibe die Scheibenwischer nach vorne ausgeklappt werden konnten, so hatten wir die Möglichkeit uns daran festzuhalten, das war nämlich eine ziemlich flutschige Angelegenheit, mit dem Schaum und dem ganzen Wasser. Während wir da so eifrig bei der Sache waren, kam Heinz Ei mit seinem Mercedes Benz auf den Hof gefahren. Heinz war ein Kollege und früherer Freund von Papa, der bei uns des Öfteren Ferkel kaufte. Die Zigarre wäre Heinz bald aus dem Mundwinkel gefallen, als er uns über Mamas Schleuder rutschen sah. „So wäscht man doch kein Auto," rief Heinz uns zu. „Da verbeult doch mehr, als Schmutz abgeht." Der hatte überhaupt keine Ahnung von solchen Dingen und sollte sich lieber um seine Geschäfte kümmern, dachten wir uns und machten fröhlich weiter. In verschiedenen Filmen, werden vor allem Sportwagen so gewaschen. Nicht von Kindern, die Arbeit mit Spaß mischen. Nein, das sind schon junge Damen, aber die waschen irgendwie nicht richtig, sondern wälzen sich nur blöd darauf herum. Heinz Ei ging kopfschüttelnd ins Haus und kümmerte sich um seine Geschäfte. Er verkaufte Papa sein Pony Aki an uns, und er bekam dafür einen ganzen Wurf Ferkel. Sozusagen Ferkel gegen Pony. Papa war nicht sehr überzeugt von dem Geschäft, denn er meinte, das Pony wäre zu teuer, willigte aber trotzdem ein, und wir hatten ein wunderschönes beige-weißes Pony - auf dem wir leider nicht reiten konnten. Aki war sehr temperamentvoll und schmiss jeden ab. Egal, ob groß oder klein. Selbst aus Wilhelms Schulklasse schmiss das wilde Tier ein großgewachsenes Mädchen mit Spitznamen Nessi, kurz nachdem sie aufgestiegen war, ab, was sehr witzig aussah. Oder auch Cousin Rudi, der auch nicht gerade klein war und seine langen Beine unter Akis Bauch zusammenhalten konnte, hatte keine Chance und landete nach wenigen Metern in der Wiese. Wir hatten großen Respekt vor dem wilden Biest, das sogar einen Jungbullen aus seiner Wiese jagte, weil es diese für sich alleine haben wollte. Papa sah nach geraumer Zeit ein, dass wir mit dem wirklich schönen Pony nichts anfangen konnten und verkaufte es weiter.

Cousin Rudi, der zweitgeborene Sohn von Onkel Herbert und Tante Inge, sah im Vergleich zu seinem älteren Bruder Reinhard und seinem jüngerem Bruder Jochen am besten aus. Er hatte naturgewellte braune Haare, genau wie unser Bruder Wilhelm und war auch genauso schlank wie Wilhelm. Nur, dass Rudi, dank seiner langen Beine, viel größer als unser Bruder war. Da wir kleine Eltern hatten, sind wir vier auch recht klein gewachsen. Unsere Stubsnasen und großen Augen verrieten, dass wir die gleichen Eltern haben mussten, im Gegensatz zu unseren drei Cousins, die lange Rübennasen und kleinere Augen hatten, aber trotzdem alle drei recht anschaulich aussahen.

Rudi fuhr gerne mit Wilhelms Fahrrad auf dem Hof herum, dabei erzählte er beiläufig, dass er einen Geheimweg oben im Wald entdeckt hätte. Der auf mich schon groß und alt wirkende Rudi, er ist sechs Jahre älter als ich, wollte uns diesen neu entdeckten Weg sofort zeigen. „Oh, boah," sagten wir erstaunt und marschierten gleich los. Rudi voran, an ihrem Haus vorbei. Wilhelm, Jochen, Frieda, Ida und ich folgten ihm zügig den Berg hinauf, bis wir oben im Wald angekommen waren. Wir durchquerten ein Stück des Waldes und befanden uns dann auf einem schmalen Trampelpfad, wo wir nur noch hintereinander laufen konnten. Diesen Weg kannte ich wirklich nicht. Ich befand mich in der Mitte der Schlange, wo ich auf einmal hörte, wie die Jungens vorne riefen: „Aus, aus hörst du wohl auf!" und „wo kommst du denn plötzlich her?" Was war denn jetzt schon wieder los, waren die "Männer" noch nicht mal in der Lage, hintereinanderher geradeaus zu laufen? Wir wurden zusammengeschoben und knubbelten uns zu einem Haufen, die Zwillinge quiekten, und jetzt erkannte ich auch endlich, warum. Ein Welpe, ein richtiger, echter, kleiner Schäferhund sprang an den Jungens hoch und zwickte übermütig die "Beiden" in die Fot. Der Kleine war total aufgeregt und sprang ziemlich wild hin und her. „Was machen wir denn jetzt, den werden wir so schnell nicht los," sagte Jochen. „Ist doch wohl klar," sagte Wilhelm, „den nehmen wir mit, das wird unser neuer Haus- und Hof-Hund." Rudi schnappte sich bei passender Gelegenheit das junge Tier unter den Arm, und wir traten den Heimweg an. „Das war aber eine kurze Entdeckungsreise," stellte Frieda fest. „Damit konnte ja auch keiner rechnen, schließlich findet man ja auch nicht jeden Tag einen kleinen, süßen Hund, "antwortete Rudi. Das war wirklich wahr. Der Hund hatte ziemlich spitze Zähnchen, mit denen er ganz schön zwicken konnte, aber ein ganz weiches Teddyfell, und er sah ganz putzig aus. Papa staunte nicht schlecht, als der große Rudi mit dem Hund unter dem Arm und wir rechts und links daneben herlaufend zu Hause ankamen. Er wollte uns zuerst gar nicht glauben, dass wir den kleinen Racker gefunden hatten oder besser umgekehrt, der uns. Papa meinte, er müsste erst mal gucken, wem der Kleine gehören könnte. „So einfach können wir den nicht behalten," sagte er und brachte ihn in den Stall. Nach ein paar Tagen stand fest, wir durften „Ohna" behalten, "er" war eine Hündin und hatte sogar schon einen Namen. Papa hatte die Eigentümer ausfindig gemacht und mit denen alles geklärt. Wilhelm und Rudi hatten eine neue Superidee, für unser Unterhaltungsprogramm, nachdem unsere Erkundungstour nicht ordnungsgemäß durchgeführt werden konnte. Hinter unserer Scheune ist eine kleine Waldzunge, die unsere Wiese von der unseres Nachbarn trennt. Diese Wiesen waren für uns keine Wiesen, sondern in unserer Phantasie das Meer. Die Waldzunge war eine einsame Insel, auf der Robinson Crusoe mit seiner Mannschaft hauste. Es ist nicht schwer zu erraten, wer Robinson Crusoe und seine Mannschaft waren. Robinson Crusoe war natürlich, ohne dass abgestimmt wurde, der große Rudi und Wilhelm war sein Gehilfe. Es dauerte schon eine Weile bis wir das Wasser robbend durchquert hatten, um unsere Insel zu erreichen. Jochen hatte eine wirklich schwierige Rolle, er musste unsere Ziege spielen und den ganzen Tag „mäh, mäh" schreien. Ich wurde als Ziegenhirte auserkoren. Meine Aufgabe, auch überaus wichtig, bestand darin, wenn der Befehl von ganz oben kam, Ziege melken oder, dass ich den schreienden Jochen aus dem Stall lassen sollte und ihn sofort ausführen musste. War nicht immer ganz einfach, den bockigen, auf allen Vieren laufenden Jochen an einem Seil durch den Wald zu ziehen. Frieda und Ida mussten Holz sammeln und Feuer machen. Wilhelm und Rudi hatten alle gut beschäftigt und diskutierten derweil an Robinson Crusoes Schreibpult, was demnächst anstehen würde. Dieses Schreibpult hatten wir aus gesammelten Bruchsteinen halbrund hochgemauert, eine Taubenfeder und dünne Steinplatten waren Robinson Crusoes Schreibutensilien. Die hat er aber nicht oft gebraucht. Die Zwillingsfeuermacher hatten das Feuer gut am Lodern, als Wilhelm plötzlich rief: „Wir werden angegriffen,

Attacke, greift zu Pfeil und Bogen!"
(natürlich auch selbst gebastelt) und „wehrt euch!". Grölend sammelten wir uns, um den Feinden ins Auge zu sehen. Doch halt, der Feind waren Mama und Tante Inge, ausgestattet mit Proviant und einer Bratpfanne. Hatten wir irgendetwas vergessen? Wegen der Bratpfanne? Nein, sie lachten freundlich, und wir ließen sie passieren. Wir hatten einen schönen, gemütlichen Abend am Lagerfeuer mit frisch gebratenen Spiegeleiern auf Brot. Als die Mannschaft in unserem zweckmäßig zurecht gemachten Lager gegessen hatte, dämmerte es schon und wir „schwammen" anschließend alle zusammen nach Hause.
Das war eine super Idee und eine ganz tolle Überraschung von Mama und Tante Inge . Mütter sind manchmal eben die besseren Väter.
Ein paar Wochen später kündigte sich nachts die nächste Überraschung an. Die Klingel unseres Telefons schrillte laut durch das ganze Haus. Wir hatten eine extra laute

Glocke unten im Flur, damit Papa das Telefon auch draußen oder im Stall hören konnte. In dieser Nacht saßen wir alle senkrecht im Bett und hörten, wie Papa die Treppe runter raste. Er nahm den Hörer ab und meldete sich. Onkel Wolle war am anderen Ende. Wir hörten wie Papa sagte: „Das darf doch wohl nicht wahr sein, ich zieh mich schnell an und komme sofort." Mama fragte ganz aufgeregt: „Was ist denn los?" Wir Kinder waren mittlerweile aufgestanden und wollten auch endlich wissen, was passiert war. Omma rief aus ihrem Zimmer: „Wer wagt et mitten in der Nacht anzurufen, der sollte einen guten Grund haben!" Papa zog sich blitzschnell an und berichtete dabei: „Die Scheune auf dem Bahrenberg steht in Flammen, Wolle und Birgit konnten von ihrem Schlafzimmerfenster aus alles mitbekommen! Der Feuerteufel, der seit Wochen sein Unwesen treibt, hat wieder zugeschlagen! Die Feuerwehr warnt, dass jeder auf seinen Hof und seine Scheunen achten soll. Sie garantieren für nichts! Ich fahre kurz hoch und spreche mit den Feuerwehrleuten. Von der Scheune wird wohl nichts mehr zu retten sein!" Mit diesen Worten rannte er schon zur Haustür hinaus. „Na super, " sagte Wilhelm, „wenn Papa mal kurz weg ist, wer soll dann bitte hier aufpassen?" Mama sagte: „Jetzt mal den Teufel nicht an die Wand, schließlich brennt hier überall Licht. Viel schlimmer ist, dass wir die Scheune gepachtet hatten, um unser Stroh und Heu für den kommenden Winter dort zu lagern. Jetzt ist alles verbrannt, und die ganze Arbeit war für die Katz." Am nächsten Morgen fuhren Mama und ich zu dem schwarzen, qualmenden Aschehaufen mehr war von der Scheune nicht übrig geblieben, um die Feuerwehrleute, die die Brandwache schieben mussten, mit Schnittchen, Kaffee und Bier zu versorgen. Das war diesmal weiß Gott als das Telefon klingelte, keine gute Überraschung. Papa und Mama überlegten, ob das Futter, was bei uns auf dem Hof gelagert war, für den kommenden Winter reichen würde.

Schließlich waren ca. 2000 Ballen Heu verbrannt, und es ging auf den Herbst zu. Ich merkte, dass Mama und Papa dadurch große Sorgen hatten und erzählte meiner besten Freundin Meter, die mich immer an Schneewittchen erinnerte, weil sie so lange schwarz glänzende Haare hatte und so eine helle Haut, von dem schrecklichen Feuer. Sonntags durfte ich nicht zu Meter runter, da war Ruhetag. Deswegen quatschte ich meine Puppen und Stofftiere voll. Ich setzte sie alle schön nebeneinander auf und redete mit ihnen. Sie hörten aufmerksam zu und gaben natürlich auch ihren Kommentar ab. Die Bären Pit und Pot hatten einen russischen Akzent, während Bruno Bär eine sehr klare tiefe Stimme hatte. Die zierlichen Puppen sprachen mit einer piepsigen Stimme. Ab und an musste ich dazwischen gehen, um sie etwas zu zügeln. Dann konnte ich wieder normal sprechen und keiner wagte es, mich zu unterbrechen. Papa glaubte immer, ich hätte ein paar Kinder zum Spielen da, wenn er mich durch die geschlossene Tür reden hörte. Mama erklärte ihm, dass ich nur die verschiedenen Stimmen imitieren würde. Papa wunderte sich ein bisschen und fragte Mama: „Ist das normal, oder ist die nicht mehr ganz dicht im Oberstübchen. Die anderen drei reden auch nicht so komisch mit ihrem Spielzeug." Mama sagte nur: „Man kann zehn Kinder haben und jedes ist anders."

Ich habe zwar Stimmen imitiert und mit Puppen und Stofftieren geredet, was für mich völlig normal war, aber dafür konnte ich hören. Meistens auf jeden Fall. Meine Geschwister jedoch hatten ihre Ohren auf Durchzug gestellt, als Mama sagte: „Es werden keine Streichhölzer eingesteckt, und schon mal gar nicht damit gefimmelt!" Wir wollten nämlich ins Dorf zum St. Martinsfeuer fahren. Wilhelm hatte eine große runde Sonne und „die Beiden" hatten Hühner als Laternen. Meine Laterne hatten Mama und ich im Kindergarten aus Kleister und Tonpapier selbst zusammengepappt. Ein echtes Meisterstück. Vor allem, weil der

Kerzenhalter in der Mitte des Kunstwerkes ordentlich gerade saß. Meine drei Geschwister saßen hinten im Auto. Ich durfte ausnahmsweise, auf der Fahrt ins Dorf vorne sitzen, was mich schon ein bisschen wunderte, weil sonst immer Wilhelm vorne saß.

Als wir die lange Straße entlang fuhren, wusste ich, warum ich vorne sitzen durfte. Die drei hatten während der Fahrt schon mal ihre Laternen angezündet, obwohl Mama, bevor wir losgefahren waren, ausdrücklich befohlen hatte, nicht zu fimmeln oder überhaupt Streichhölzer einzustecken. Da in den Laternen echte Kerzen brannten und diese während der Fahrt reichlich schaukelten, war es kein Wunder, dass Wilhelms Sonne Feuer fing und lichterloh brannte. Mama bekam Stehhaare, als sie in den Rückspiegel sah. Ida und Frieda quetschten sich winselnd auf die eine Seite, Wilhelm versuchte seine noch Sonne auf der anderen Seite der Sitzbank auszupusten. Mama trat geschockt auf die Bremse. Die

Reifen quietschten, der Wagen stand sofort. Wie von einer Tarantel gestochen, sprang Mama aus dem Auto, schnappte nach der Laterne, warf sie auf die Straße und trampelte sie aus. Frieda und Ida hatten ihre Laternen freiwillig ausgepustet und saßen kerzengerade, mit ihren Hühnern ganz brav schweigend, als wenn nichts gewesen wäre, da. Wilhelm war stinksauer, weil er keine Laterne mehr hatte. Mama war auch wegen der Laterne stinksauer, aber weil sie gebrannt hatte. Wilhelm hatte nicht damit gerechnet, dass seine Sonne so schnell abbrennen würde. „Selbst schuld", dachte ich mir, „warum können die auch nicht hören." Ich vermutete, dass unsere Mutter teilweise aus Zucker bestanden haben musste, denn bei Regen oder schlechtem Wetter bekamen wir sie nicht vor die Tür, und wir fuhren auch nicht ins Dorf zum Martinsfeuer, da hatten wir unsere private Martinsfeier bei uns im Wohnzimmer. Dann durften wir mit brennenden Laternen um unseren

Wohnzimmertisch laufen und dabei die altbekannten Lieder singen.
Ende November hatte Papa Geburtstag. Mama hatte für die Damen eine Früchtebowle angesetzt. Nachdem die Feier vorbei war, wurde der glasige, noch halbvolle Bowle-Topf oben auf unserem Wohnzimmerschrank vor uns in Sicherheit gebracht. Das war das letzte Bild, was ich noch vor Augen hatte, bevor es dunkel wurde: Der Bowle-Topf mit den gesunden Früchten drin. Als ich wieder wach wurde, lag ich bei "unser Omma" auf der Couch und Frau Dr. Dauber war auch schon wieder da. Sie saß neben mir und klopfte mir ständig mit ihrem kleinen Hammer auf dem Knie herum, wovon ich wach wurde. Meine Reflexe waren nach einem ca. „Zwei-Stunden-Schläfchen" wieder da. „Was habe ich Ihnen gesagt, Frau Doktor," sagte Papa zu Frau Dr. Dauber, „die hat nicht schon wieder Kinderlähmung, wie „unser Omma" vermutet hatte, die hat jetzt ihren Rausch ausgeschlafen, weil sie sternhagelvoll war.

Hab' ich mir doch gleich gedacht, dass da wieder Alkohol mit im Spiel gewesen sein musste." Papa konnte es nicht fassen. Ich wusste im ersten Augenblick gar nicht, was los war. Ich und Alkohol? Niemals! Ommas Wohnküche war voller Schaulustiger. Meine Geschwister waren da, Tante Inge, Omma, der fleißige Nachbar Karl, wie immer Zigarre rauchend, mit Schwiegersohn Fredi und Mama natürlich. Alle schauten mich fassungslos an. Omma meinte: „Wat aus der wohl mal werden soll, wenn die schon in frühester Jugend ihren Verstand versäuft!" Mama hatte mein altes Pinkeltöpfchen, aus welchen Gründen auch immer, aufbewahrt, und es nachdem Frau Dr. Dauber sie darum gebeten hatte, in die Wohnküche zum Pipi machen geholt. Sie setzten mich auf dieses, und ich sollte auf Kommando unter den Blicken der vielen Beobachter Pipi machen. Ich schaute einmal in die Runde und wusste immer noch nicht, was passiert war und was das ganze Theater überhaupt sollte. Warum Frau Dr. Dauber da war, und warum Mama sagte: „Sonst isst sie doch auch kein Obst, ich kann mir das gar nicht erklären." Vor so vielen Zuschauern in meinem Alter auf einem Pipitöpfchen zu sitzen, war echt peinlich. Alle schauten mich lächelnd und gleichzeitig erwartungsvoll an. Als sie das Bächlein rauschen hörten, waren sie alle zufrieden und meinten: „Endlich, na geht doch!" Trotzdem sollte ich mit Mama am nächsten Morgen wieder in der Praxis erscheinen zum Blutabnehmen. Aber das kannte ich ja schon. Ich hatte also die Früchte aus dem hochgestellten Bowletopf gefuttert. Also musste ich den Schrank hochgeklettert sein und ihn ganz leise, da keiner etwas gesehen oder gehört hatte, wie mit Samtpfötchen sternhagelvoll wieder runter geklettert sein. Für ein betrunkenes Kindergartenkind völlig normal. Ich konnte mich an nichts erinnern, denn ich hatte einen totalen Filmriss. Cousin Mike hatte sich, wie ich fand, noch einen viel schlimmeren Klopper gerissen. Er hatte sich zwar nicht am Geburtstag seines Vaters mit getränkten Früchten besoffen gemacht, dafür hatte er das Geburtstagsgeschenk verraten, was ich viel schlimmer fand als so einen kleiner Absacker, wie ich ihn mir geleistet haben soll. Tante Luise hatte Mike extra eingebläut, dass er nicht verraten sollte, was sie gekauft hatten. Onkel Beno war sehr neugierig und wollte nicht bis zu seinem Geburtstag warten, was er geschenkt bekommen würde. Also quetschte er Mike aus, der irgendwann sagte: „Wenn ich dir verraten würde, dass Mama und ich für dich einen Pullover gekauft haben, würde die Mama ziemlich sauer werden." Worauf Onkel Beno befriedigt sagte: „Dann behalte das mal schön für dich und verrate niemanden etwas." Mike hatte alles verraten und hat es noch nicht einmal bemerkt. War auch vielleicht besser so, sonst hätte er wieder einen Tobsuchtanfall bekommen und Onkel Beno mit dem Hintern nicht mehr angeschaut.

4. Die Schulzeit und der Ernst des Lebens

Für Mike und für mich stand mittlerweile die amtsärztliche Untersuchung an, denn wir waren die nächsten Abc-Schützen. Ich konnte es gar nicht glauben. Wie schrecklich - ich sollte meinen heißgeliebten Kindergarten verlassen und ein stillsitzendes Schulkind werden. Unser Omma und Tante Inge machten mir richtig Mut und meinten, dann beginnt „der Ernst des Lebens". „Dann kann man nicht den ganzen Tag spielen und draußen herumlaufen, da werden erst einmal die Hausaufgaben gemacht und gelernt." Irgendwie hat keiner erwähnt, dass Schule vielleicht auch Spaß machen und auch nützlich sein könnte. Aber warum sollten sie auch, nach den schlechten Eindrücken, die meine „Geschwister fürchterlich" machen mussten, war das auch kein Wunder. Ich musste mir unbedingt etwas einfallen lassen, damit ich nicht in die blöde Schule musste. Sollte ich auch bei der amtsärztlichen Untersuchung die Ärztin beschimpfen, wie es Mike getan hatte? Der war, weil er ein halbes Jahr älter ist, vor mir da, und sagte zu der Ärztin, als die seine Hoden untersuchte: „Fass mich nicht an, du doofe Dirn, du alte Sau!" Das war natürlich nicht sehr freundlich von Mike, und Tante Luise bekam noch einen roten Kopf, als sie uns die Story erzählte. Sie hätte sich, als sie mit Mike da war, am liebsten ein großes Loch im Boden gewünscht, wo sie drin versunken wäre. Da ich keine Hoden hatte und Mama irgendwelche Peinlichkeiten ersparen wollte, beschloss ich, lieber bei der Schulanmeldung die Klappe zu halten. Rektor Daniel und eine blonde Lehrerin, die neben ihm saß, versuchten, mein Wissen zu prüfen. Der liebe Mann legte mir Mengenlehre-Plättchen vor die Nase, die ich alle schon aus dem Kindergarten kannte. Rote runde, gelbe Vierecke, blaue Quadrate usw. Sie waren alle da. „So ein Kinderkram," dachte ich mir und ich hätte sie auch sofort benennen können, zuckte aber nur nicht wissend mit den Schultern. Mama wurde ziemlich nervös und sagte: „Aber Moni, ich weiß doch, dass du sie kennst, warum sagst du denn nichts?" Mama konnte natürlich nicht wissen, dass ich ausnahmsweise extra mal die Klappe hielt, mit der Hoffnung, ich würde nicht eingeschult, weil ich ja (fälschlicherweise) nichts wusste. Entweder hatten sie mich durchschaut oder sie wollten mir eine Chance geben. Auf jeden Fall hat diese „Stell-dich-dumm-Aktion" nichts gebracht, denn einige Zeit später brachte wie jeden Morgen die Postbotin Frau Richter mit Hilfe ihres Kugelporsche (VW Käfer) die Post vorbei. Ich wusste, dass Frau Richter nur ihre Arbeit erledigte und absolut unschuldig war, doch sie hatte, oh Schreck, einen Brief dabei, der bestätigte, dass ich die Katholische Grundschule in Niederwenigern besuchen durfte. Alles war für die Katz gewesen. Wie konnte sie nur so eine schlechte Nachricht überbringen. Ich musste mich erst einmal sammeln. Gut, dass „die Beiden" in diesem Jahr mit zur Kinderkommunion gingen, das lenkte etwas ab und brachte mich auf andere Gedanken. Einmal in der Woche besuchten meine strebsamen Schwestern den Kommunionunterricht. Sie lernten das Glaubensbekenntnis, ich lernte es gleich mit und gingen zur Beichte, dafür bestand für mich allerdings kein Grund. Das „Vater unser" und das "Gegrüßet seist du Maria" brauchten wir nicht erst lernen, da wir die Gebete von unseren sonntäglichen Kirchbesuchen her kannten. Tante Dorchen, Mamas beste Freundin wurde als Köchin für den „Weißen Sonntag" engagiert. Sie wohnte in Gladbeck, und immer, wenn sie uns besuchen kam, fuhr sie mit dem Bus bis zur Burgruine in Essen-Burgaltendorf. Von da aus holten wir die sehr stabile Frau ab. Papa stabilisierte derweilen Dorchens Bett, indem er Steine darunterlegte. Er wollte nicht, dass sie durch eines unserer Jugendbetten krachte und uns und ihr damit

Peinlichkeiten ersparen. Sie hatte eine recht piepsige Stimme, die gar nicht zu ihrem voluminösen Körper passte, aber dafür, wie ich fand, ein sehr hübsches Gesicht. Eine Schokolade, auf der zwei Mark klebten, brachte sie für jedes Kind auf dem Hof mit und für Papa eine Stange Zigaretten. Wir mochten sie alle sehr, denn sie hatte durch ihre liebenswerte, hilfsbereite Art was von einem Engel und bei Engeln ist es egal, ob sie dick oder dünn, groß oder klein sind.
Mama war mal wieder in ihrem Element. Sie plante alles Zeitgenau durch. Es sollte nichts auf den letzten Drücker erledigt oder sogar vergessen werden. Doch das Beste kam erst noch. Die drei Landeier fuhren in die große Stadt, nach Essen. Für meine kleingewachsenen Schwestern der glatte Wahnsinn. Mit ihren zarten neun Jahren durften sie zum ersten Mal in eine so große Stadt fahren, damit sie ihre Kleider samt Zubehör aussuchen konnten! Für die Zwillinge ein einmaliges Erlebnis, mit so vielen neuen Eindrücken, die sie vorher

noch nie gesehen hatten. Als sie wieder zurückwaren, erzählten sie ganz aufgeregt von ihrem Tag. Beide zeigten mir nacheinander, was sie sich ausgesucht hatten. Obwohl ich diesmal nichts getrunken hatte, sah ich das gleiche. Ein paar Tage später erwähnten sie noch so nebenbei mit einem, wie ich empfand, etwas schlechtem Gewissen, dass sie sogar Hähnchen essen waren. Das sollten sie mir eigentlich nicht erzählen, weil ich nichts abbekommen hatte. Aber das war schon o.k. denn ich habe es ihnen gegönnt. Außerdem bestand die Möglichkeit zur Beichte. Mama hatte samstags ihren Friseurtermin, den hatte sie vor besonderen Anlässen, wie die meisten Damen aus dem Dorf, immer Samstag morgens. Sie sah nach ihrem Termin mit der toupierten Haarfrisur völlig anders aus. Richtig neu und aufgebrezelt, ich musste jedes Mal zweimal hinschauen, ob es unsere Mutter war, so toll sah sie aus. Papa konnte sich natürlich nie einen Kommentar nach ihren Friseurbesuchen verkneifen. Er nannte sie des Öfteren, mit einem Lachen im Gesicht „renovierter Altbau". Ich hatte damals nicht verstanden, warum nur Papa lachte und Mama kopfschüttelnd abwinkte. Dann kam der Sonntag, an dem Papa Schlägermütze und Gummistiefel gegen Anzug und Krawatte tauschen musste, Wilhelm und ich wurden auch fein rausgeputzt. Mama zog ein schwarzes Kostüm mit hochhackigen Schuhen an. Die Zwillinge ihre neuen Kleider, weiße Wollstrumpfhosen und schwarze Lackschuhe. Auf dem Kopf trugen sie weiße Haarreifen die mit Blümchen besetzt waren. Alle Kinder, die in die Kirche einzogen, waren festlich gekleidet. Es war überhaupt eine sehr festliche, stimmungsvolle Messe, und es lag wieder dieses Kribbeln in der Luft. Tante Dorchen, der liebe Gott habe sie selig, sie starb leider einige Jahre nach der Kommunion viel zu früh, plötzlich und unerwartet, gab derweilen in unserer nicht professionellen Küche alles, und zauberte ein wunderbares Essen auf den Tisch. Kaffee und Kuchen gab

es auch noch. Abends ging es schon nicht mehr mit allen Gästen noch einmal zur Andacht und der Tag war vorbei.
Traditionell am nächsten Tag, was heute noch „ein Muss" ist, das Dankeschön-Kaffeetrinken für Freunde, Nachbarn und andere Geschenke-Abgeber. Viele hübsche Geschenke waren überreicht worden. Auch sehr viele Kuverts mit guten Wünschen und Geldeinlage waren darunter gewesen. Genau wie es bei Wilhelm war, wurde es bei den Mädchen auch gehalten. Ein großer Teil der Geldgeschenke wurde auf die Sparbücher eingezahlt, und von einem kleineren Rest durften sich die „Beiden" etwas kaufen. „Wir brauchen noch Rollschuhe," hatten sie festgestellt. Sofort liefen wir los, um die richtigen auszusuchen. Die Glücklichen, dachte ich mir. Wie gerne hätte ich auch etwas ausgesucht und gekauft, stattdessen war ich nur das dritte Rad am Wagen und ein kleiner Mitläufer. Doch was war das? Nicht ein paar rote Rollschuhe, auch nicht zwei Paar, nein meine großzügigen

Schwestern räumten drei Kartons mit Rollschuhen aus dem Regal. „Wir kaufen dir eins mit. Sonst blutet dein Herzchen, und das möchten wir nicht. Außerdem hast du auch mitgelernt, die hast du dir verdient." Ich fiel ihnen um den Hals und bedankte mich. Damit hatte ich wirklich nicht gerechnet, konnten sie vielleicht Gedanken lesen? Ich war so glücklich und dafür liebte ich meine „Beiden". Zuhause mussten wir sie natürlich sofort ausprobieren. Erst wackelig auf den Beinen, doch mit der nötigen Übung wurden wir immer besser. Wie beim Eiskunstlauf fuhr jede für sich eine Kür. Am Ende der Darbietung mussten die Zuschauer, die von Omma ausgeliehenen Plastikblumen unter Jubel auf den Hof werfen. Die lange Straße eignete sich wunderbar für die Slalomabfahrt. Die weißen Streifen auf der Fahrbahn mussten wir, ohne sie zu berühren umfahren, dabei stoppten wir die Zeit. Die Königsdisziplin war jedoch die Abfahrt vom Busch bis zur Scheune. Wir rasten den Berg runter. Die Wasserrinne diente als Ziellinie, das danach folgende gerade Stück der Straße war die Auslaufzone. Die kleinen Kunststoffräder rappelten nacheinander übers Ziel. Antje, Stella und Frieda passierten lachend die Wasserrinne. Ich kam auch gut durch, Ida leider in der Waagerechten. Sie hatte sich volle Kanne auf den Bart gelegt. Als ich mich umdrehte, lag sie auf dem Bauch und schrie: „Mein Arm, mein Arm!" Wir halfen ihr vom Boden auf und brachten sie zu Papa. Der meinte nach fachmännischer Begutachtung: „Halb so schlimm, der Arm ist nur geprellt und die restlichen Hautabschürfungen heilen auch von alleine. Zum Krankenhaus musst du nicht." Ein paar Tage nach der Bauchbremse war der Arm immer noch dick und schmerzte Ida fürchterlich. Mama fuhr deshalb lieber doch ins Krankenhaus zu Dr. Frankenberg. Der musste den Arm, der mittlerweile angefangen hatte, falsch zusammen zu wachsen, nochmal genau richten, damit er ihn gerade eingipsen konnte. Ida musste den Gips sechs Wochen tragen. Papa meinte: „Ist nicht so schlimm, die gehen auch vorbei." Nur am Schwimmunterricht in der Schule konnte sie die ganze Zeit nicht teilnehmen. Mama hatte eine prima Idee, uns nach diesem unangenehmen Zwischenfall auf andere Gedanken zu bringen. Mit Meter und ihrer Mutter, Tante Gina, fuhren wir zum Schloss Beck. Wilhelm wollte lieber zu Hause bleiben und mit seinem Klassenkameraden Klaus und den restlichen Jungen Fußball spielen. Mama hatte dort, also im Schloss Beck, als junges Mädchen mit ihren Freunden aus der Landjugend rauschende Feste gefeiert und für sie war es jedes Mal ein „nach Hause kommen", wenn sie dort war. Unter anderem gab es dort einen sehr romantischen See, der von Trauerweiden umsäumt war. Entenfamilien schwammen dort friedlich vereint mit den Ruder- und Tretbooten zusammen. Wir mieteten ein Ruderboot. Alle rein in die Nussschale und los. Nur Schade, dass ich so einen unbequemen Sitzplatz erwischt hatte. Ich rutschte von der einen Fottbacke auf die andere, doch ich saß immer noch auf etwas Hartem. Mit der Hand suchte ich die Stelle ab und schau an, ich wurde fündig. Wer Ärger macht, fliegt raus, dachte ich kurz und warf den Störenfried über Bord. Jetzt war es gemütlich. Ich liebte es, wenn es gemütlich war, damals wie heute. Mama und Tante Gina ruderten bis auf die Mitte des Sees. Meter meinte ganz erstaunt, warum mein Kleid nass sei, und wo das ganze Wasser herkommen würde? Oh Schreck, es kam immer mehr Wasser ins Boot. Ich erwähnte kurz den Störenfried, unsere Mütter kombinierten blitzschnell, dass es wohl der Stopfen des Bootes gewesen sein musste, den ich über Bord geworfen hatte. Mittlerweile lagen wir schon recht tief im Wasser. Der Bootsverleiher rief uns vom Ufer ganz aufgeregt mit Hilfe seines Megaphons zu: „Die Nr. 27, bitte reinkommen!" Das waren wir. „Die Nr. 27, bitte sofort reinkommen!" Mein rosafarbenes Sommerkleid war jetzt schon untenrum ganz nass, unsere Füße sowieso. Frieda und Ida meckerten wie Ziegen und fragten mich, ob ich bescheuert wäre. Mama und Tante Gina waren die Frauenpower pur. Sie ruderten, was das Zeug hielt. Der Mann am Ufer schrie mittlerweile in sein Megaphon: „Die 27 kommt jetzt sofort rein!" Unser Bötchen stand an einer Seite recht hoch und trotz der Enten, Bäume und des strahlenden Wetters war es gar nicht mehr gemütlich. Schade eigentlich. Aber wir schafften es noch kurz vor dem Absaufen ans Ufer. Dem Bootsmann standen nicht nur, weil es warm war, sondern auch voller Sorge, die Schweißperlen auf der Stirn. Er war sehr erleichtert, dass er nicht in den See springen musste, um uns zu retten. Als er uns mit seiner langen Stange in Empfang nahm, um uns an den Steg zu ziehen, sagte er: „Ich kann mir nicht erklären, warum der Kahn voll Wasser gelaufen ist, alle Boote werden regelmäßig gewartet." Pfeifend und mit dem Kopf schüttelnd stieg ich aus. Die anderen verabschiedeten sich höflich und bedankten sich für die kurze Bootsfahrt. Auf dem Nachhauseweg lachten wir uns alle schief, auch meine Schwestern, die Meckerziegen, lachten mit. Papas Speismengmaschine machte nicht so einen Stress. Mit der spielte ich ein bis zwei Stündchen ohne irgendwelche Zwischenfälle. Ich war der Quizmaster und moderierte die Spielshow. Die Speismaschine diente mir als Lostrommel. Ich stellte mir Hunderte von Zuschauern vor, aus denen ich meine Kandidaten auswählte. Ganz aufgeregt stellten sie sich vor. Natürlich schlüpfte ich in die verschiedenen Rollen. Mal war ich mitspielender Gast, mal Quizmaster mit selbst gebautem Mikrophon. Das Mikrophon war ein Holzstock, auf dem ich einen Schaumgummiball festgenagelt hatte. Am Ende des Stocks war ein langes Seil befestigt, also die Leitung des Mikros. Der weltberühmte Quizmaster warf Steine in die Trommel der Maschine. Die nervösen Kandidaten drehten nacheinander die Lostrommel, damit die Glücksteine gemischt werden konnten, um danach mit der Ziehung beginnen zu können. Hinter einem besonderen Stein verbarg sich natürlich ein Hauptgewinn. Die anderen Steine hatten selbstverständlich auch tolle ausgedachte Preise. Ein prominenter Gast, wie z.B. Katja Ebstein oder auch Mary Rose rundeten die Show mit ihren angesagten Liedern ab. Die wurden selbstverständlich ebenfalls von mir gesungen und imitiert. Am Ende der Show gab es nur Gewinner und strahlende Kandidaten, die sich überschwänglich winkend mit Blumen in den Armen verabschiedeten. Ich, der Quizmaster, sang noch lauthals ein selbstkomponiertes Schlusslied, und die Show war vorbei. Manchmal verfolgten Spaziergänger, die ich nicht gleich bemerkt hatte, lächelnd meinen Auftritt. Das war mir dann doch etwas peinlich, wenn ich sie bemerkte, grüßte verlegen und zog mich dann schnell zurück. Für meine Familie waren meine Auftritte und Gesangseinlagen völlig normal. Das waren sie gewohnt, daher störte es mich auch nicht, wenn sie mich auf Geburtstagsfeiern aufforderten, einen bekannten Schlager zum Besten zu geben. Onkel Günter, der Mann von Tante Katrin, das sind die, die weit weg am Rhein wohnten, fragte mich immer über meine damalige Lieblingsband ABBA aus, und ob ich schon mit denen telefoniert hätte, um mit ihnen ein Lied (natürlich auf Englisch) aufzunehmen. Oder, ob er sich als mein Manager darum kümmern solle, weil ich doch auch ihre Lieder lauthals trillern würde. Das war mir dann doch zu viel, ich glaubte sowieso, dass er mich nur auf den Arm nehmen wollte. Mein ganz privater Manager „Mama", meinte, ich sollte mich lieber erst einmal um meine anstehende schulische Karriere kümmern, der Einschulungstermin stehe schließlich schon fest. Die Haare wurden geschnitten, ich bekam Meters Zuckertüte vererbt und ein Tornister wurde auch noch in Hattingen gekauft. Und dann wurde vor unserm Haus noch schnell ein Foto geschossen, und ich musste trotz allen Betteln und Bitten in die Schule. Ich fühlte mich gar nicht wohl in meiner Haut und schon gar nicht in der Schule. Selbst der erste Tag war für mich ein Albtraum, und das sollte sich auch in Zukunft nicht ändern. Die blonde Lehrerin, die neben Rektor Daniel während des Einschulungstest gesessen hatte, war unsere Klassenlehrerin geworden. Die groß gewachsene Frau Nerz hatte einen strengen und forschen Ton an sich, der ihre relativ dunkle Stimme noch mehr unterstrich. Sie hatte uns voll im Griff, was vielleicht im Nachhinein betrachtet gar nicht so schlecht war. Nur, damals fand ich das eben nicht so toll. Frau Nerz kam immer sehr modern oder adrett gekleidet, was ich von Mama gar nicht gewohnt war, zur Schule. Das war auch schon das einzig Positive, was mir an dem ganzen Schulgedöhne aufgefallen war. Selbst meine Klassenkameraden, und vor allem Mike, gingen mir fürchterlich auf den Keks. Da war es Balsam für meine Seele, wenn ich am Nachmittag, nachdem ich meine

Hausaufgaben fertig „geschmiert" hatte, zu Meter runter gehen durfte. Meters Eltern hatten ein paar Webstühle im Haus, die Tag und Nacht liefen. Die fertig gewebten Bänder lieferten sie nach Wuppertal zur Hauptfirma. Gleichzeitig nahmen sie dann das noch zu verarbeitende Webmaterial wieder mit nach Hause. An diesen Tagen und eben an den Wochenenden blieb ich auf dem Hof und spielte dort mit meinen „lieben" Geschwistern und dem Rest der Sippe. Roy war besessen vom Fußballspielen, er brachte immer einen Fußball aus Witten mit, falls wir keinen gescheiten zum Spielen gehabt hätten. Die Mannschaften wurden eingeteilt, die Tore durch Ziegelsteine abgesteckt, parkende Wagen durften nicht mehr auf der Hoffläche parken. Ida konnte auch mit aufgestellt werden, da sie drei Tage zuvor ihren Gipsarm los geworden war. Anpfiff, und schon konnte es los gehen. Die Jungen vom Bahrenberg spielten, wenn es sich zufällig ergab, auch schon mal mit. Sie trugen Arbeitsschutzschuhe mit

Stahlkappen. Das Zusammen-treffen eines solchen Schuhs mit einem unserer Schienbeinchen wäre nicht so gut gewesen, aber egal, dabei sein war alles. Der Ball flog hin und her, und auch durch Ommas geschlossene Scheibe genau auf ihren gedeckten Kaffeetisch. So konnte Omma aus ihrer Wohnküche live das Spiel miterleben. Geschimpft, obwohl der Ball nicht nur einmal die Scheibe zerdeppert hatte, hat sie nie mit uns. Papa hatte Kitt und Ersatzscheiben auf Vorrat und brachte alles schnell wieder in Ordnung. Der Spielfluss wurde dadurch nicht wirklich gestört. Einwurf, Ida hatte den Ball, Schuss und … Aua. „Mein Arm", rief sie, „Aua mein Arm." Nicht schon wieder! Sie wollte schießen, hatte den Ball nicht richtig getroffen, ist über ihn gerutscht und gestolpert. Dieses Mal hielt sie sich weinend den linken Arm. Mama war gerade erst mit dem Wegräumen der kaputten Scheibe fertig geworden und ist dann sofort mit Ida ins Krankenhaus zu Dr. Frankenberg gefahren. Der Gips sah genauso aus, wie der vom rechten Arm. Selbstverständlich unterschrieben wir alle die neue weiße Elle, die schon bald recht bunt aussah. Ida konnte weitere sechs Wochen nicht am Schwimmunterricht teilnehmen. Beim Baden Samstag abends wurde der Gips wieder durch eine Plastiktüte und ein Handtuch geschützt. Wilhelm saß einen Samstag plötzlich mit Badehose in der Wanne, was wir gar nicht verstehen konnten. Die hatte er doch sonst auch nicht an? Komisch, komisch! Als wir Mama daraufhin ansprachen, erklärte sie uns kurz und knapp, dass Wilhelm jetzt vor uns alleine baden dürfte. Erst durfte er immer in der Kurve sitzen und jetzt hatte er sogar die ganze Wanne für sich alleine! Das war nicht fair! Angesichts der platzraubenden Arm-Situation aber auch nicht falsch, denn sonst wäre es noch enger geworden. Ebenfalls sehr beliebt war bei uns „Maggis Kochstudio". In unseren selbst zusammen-gebauten Küchen und mit den gesammelten Utensilien, die man im

Haushalt nicht mehr gebrauchen konnte, motschten wir unter freiem Himmel, natürlich bei gutem Wetter, verschiedene Suppen, Hauptgerichte und Nachtische aus Blättern, Erde, Beeren und allem, was man in der freien Natur finden konnte, zusammen. Die Badewanne, aus der die Kühe tranken, wenn sie draußen auf der Wiese weideten, nannten wir „Molkerei". Aus dieser Wanne holten wir uns Wasser, um die verschiedenen Speisen kreieren zu können. Nachdem wir alle Wasserbehälter gefüllt und von der Molkerei aus zurück ins Kochstudio geschleppt hatten, fing auch schon die Kochsendung mit den Worten an: „ Einen wunderschönen guten Tag wünschen wir Ihnen, liebe Kochfreunde, zu Hause an den Bildschirmen, aus dem Maggi Kochstudio. Heute zeigen wir Ihnen, wie man blitzschnell eine Suppe kocht." Alles wurde so imitiert, wie wir es aus der Fernsehwerbung kannten. Die Jungen klinkten sich bei unserem „Kochstudio spielen" schon mal aus. Sie fanden es tausendmal besser, wenn wir alle zusammen mit unserer Tarzan-Schaukel spielten. So etwas außergewöhnlich Geniales hatten nur wir. Da konnten wir richtig mit auf den Putz hauen. Ein langes dickes Drahtseil, was um den untersten dicken Ast einer alten Eiche von Cousin Reinharts Kumpel mit Bergsteigerausrüstung befestigt worden war. Am Ende des Seils wurde ein dicker Knüppel als Sitzfläche befestigt. Man hatte das Gefühl, wenn man darauf saß und schaukelte, man würde fliegen. Beim Flug nach vorn erreichte ich fast mit meinen Füßen die Baumspitzen zweier Birken, die dort nebeneinander wuchsen. Der Kirchturm des Wennischen Doms war wunderbar zu sehen. So bombastische Höhen erreichten wir nur, wenn man den nötigen Anschwung bekommen hatte und nicht zu schwer war. Die Haare wehten im Wind, und es ruckte ganz schön in der Magengegend. Für die zweite Variante der Schaukel brauchte man flinke Füße, zwei gipsfreie Arme und Mut. Gipsfreie Arme hatte Ida mittlerweile wieder, aber flinke Füße und Mut besaß sie, wie wir leider feststellen mussten, überhaupt nicht, obwohl Cousin Jochen sich alle Mühe gegeben hatte, Ida zu zeigen, wie man es richtig macht. Auch Wilhelm erklärte ihr: „Also, du musst das Drahtseil samt Knüppel straffziehen und um den Baumstamm herumgehen bis es nicht weitergeht. Deine Arme musst du schräg ausstrecken über den Kopf und dabei natürlich den Knüppel gut festhalten. Volle Pulle loslaufen und dabei immer darauf achten, dass alles schön stramm auf Spannung bleibt. Ab da, wo du keinen Boden mehr unter den Füßen spürst, fliegst du dann hängend. Sobald du wieder Boden unter den Füßen spürst, läufst du wieder los. Bekommst du das hin?" „Na klar," sagte Ida, „die anderen haben es auch alle geschafft, und worauf ich achten muss, weiß ich ja jetzt. Durch den schrägen Waldboden schwebt man zwar in einer ganz schönen Höhe, aber ich schaffe das schon. Reich mir mal die Schaukel an!" Ida rannte los. Wenn man das „Rennen" nennen konnte. Sie schob sich mehr oder minder nach vorne. Das Seil hielt sie auch nicht richtig stramm. Sie stöhnte, als müsste sie 10 bockige Maulesel vorwärts bewegen. Wir feuerten sie mit lauten „Ida"-Rufen an. „Brich ab, " rief ihr Frieda hinterher, „ so wird das nichts!" Ida hörte sie nicht, sie war so mit sich selbst beschäftigt und durch das laute Anfeuern hatte sie Friedas gut gemeinten Rat auch nicht mitbekommen. Ein Stückchen ist sie ja schon geflogen und dann erst frontal gegen den harten Stamm der Eiche geknallt. Sie ließ die Schaukel los und sackte dann genau so langsam wie sie gelaufen war am Stamm zusammen. Wir liefen direkt zu ihr hin. Cousin Jochen kniete sich hin, beugte sich über sie und klopfte ihr auf die Wange. Wir quatschten alle auf sie ein, als wir um sie herumstanden. Frieda war fertig mit der Welt, als sie sah, dass ihre Zwillingsschwester nur noch die Augen verdrehte. Cousin Roy meinte, ab jetzt würde er das Kommando übernehmen, denn wenn er der Bestimmer wäre, würden solche Zwischenfälle nicht passieren. Ida brauchte etwas Ruhe und dann ging es auch schon langsam wieder. Zu Hause sollte der Zwischenfall natürlich nicht erwähnt werden. Nur, Roy als Bestimmer, das ging überhaupt nicht. In einer Tour schrie er: „Männer mir nach", und bewegte dabei seinen rechten Arm im großen Bogen von hinten nach vorne. Noch nicht mal in der Nase durfte man bohren, wenn wir ihm auf Schritt und Tritt folgen sollten. Oder Spielvorschläge unsererseits wurden von Roy sofort überhört und ignoriert. Irgendwann hatten wir die Schnauze von Roys angeberischem Militär- Drill gestrichen voll. „Du kannst uns mal gerne haben!" teilten wir unserem Offizier mit. „War das eine Befehlsverweigerung? " brüllte Roy prompt zurück. „Das kannst du halten, wie ein Dachdecker! " antworteten wir ihm daraufhin. So ging das hin und her, bis Roy mit puterrotem Gesicht wütend davonlief. Wir liefen ihm nach, konnten aber nicht mithalten und verloren ihn am Bahrenberg aus den Augen. Wir wussten nicht, was wir tun sollten, liefen nach Hause und erzählten, was passiert war. Mama setzte sich sofort ins Auto und fuhr mit uns die Strecke über den Bahrenberg, die Wasserstraße, bis nach Hattingen ab. Aber es war kein Junge mit braunen Haaren, kurzer Hose und Gummistiefeln zu sehen. Er war wie vom Erdboden verschwunden. Wir überlegten, ob er sich vielleicht irgendwo versteckt haben könnte und zur Tarzan-Schaukel zurückgelaufen wäre. Also suchten wir da noch einmal alles ab. Auch Papa und Tante Inge suchten mittlerweile voller Sorge um Roy mit. Nichts. Als wir uns alle in der Küche versammelt hatten, durften wir uns von Papa erstmal eine Standpauke anhören. „Mensch, Kinder, ihr sollt euch doch vertragen," waren die letzten abschließenden Worte. Mama meinte, das bringt uns jetzt auch nicht weiter und ging gleichzeitig zum Telefon, um Tante Doro und Onkel Dietmar in Witten zu informieren. Die beiden waren natürlich „total begeistert" von der Nachricht und versprachen sich sofort zu melden, wenn sie etwas Neues hätten. Das einzige Gute an dem ganzen Schlammassel war, dass Idas dicke Beule und die blauen Flecke an ihrem Kopf wegen der ganzen Aufregung nicht aufgefallen waren. Ca. zwei Stunden später, nachdem Mama mit Tante Doro telefoniert hatte, rief diese zurück und meldete, dass Roy mit qualmenden Socken, weil er von seinen Gummistiefeln die Sohlen durchgelaufen hatte, Gott sei Dank zu Hause in Witten eingetroffen sei. „Weltrekord," dachten wir uns und überlegten, ob wir unseren Offizier nicht bei der nächsten Olympiade anmelden sollten. Er hatte es wirklich geschafft, in enorm kurzer Zeit mit nicht angemessenem Schuhwerk als Neunjähriger die Strecke ohne Trinkpausen durchzuhalten! Zudem muss man noch bedenken, dass er den Rückweg, aufgrund dessen, weil er ihn aus dem Kofferraum des Fiats nicht verfolgen konnte, kaum kannte. Applaus, Applaus, nicht richtig, aber gut gemacht! Da waren wir Kinder uns einig. Roy hatte unseren Respekt. Weil er vor Wut flitzen gegangen war, durfte er erstmal zur Strafe nicht an den Wochenenden und in den nächsten Ferien auf unserem Hof bleiben. Nur blöd, dass dadurch bei der Ernte zwei helfende Hände fehlten. Papa schnitt das Gras, wendete es, damit es richtig trocknen konnte und brachte das Heu, wenn es ganz durchgetrocknet war, auf einer Reihe zusammen. Danach wurde es mit Hilfe der Ballenpresse zu rechteckigen Heuballen gepresst, und wenn das Getreide gedroschen war, wurden die Reste zu Strohballen gepresst. Jetzt kamen wir ins Spiel, die kleinen Erntehelfer. Was in Mainz die Mainzelmännchen waren, waren wir, aber gut sichtbar auf unserem Hof, die Erntemännchen. Mit Trecker und Anhänger fuhren wir zum Feld. Die älteren Jungs mussten dort die manchmal echt schweren Ballen, mit Hilfe einer Gabel aufstechen, und sie auf den Anhänger werfen. Damit mehr draufpassten, wurden sie da von uns verpackt. Mit dem vollbeladenen Anhänger fuhren wir zurück zum Hof. Dort mussten wir sie wieder abladen und auf dem Heuboden verpacken. Eine ganz schöne Knechterei war das, vor allem wenn es richtig schön warm war. Auf dem Heuboden stand die staubige Luft, die uns in den Augen brannte. Eine kurze Hose konnten wir dort nicht tragen, sonst wären unsere Beine total verkratzt und zerstochen worden. Das hätte abends beim Duschen gebrannt wie Hölle, hatten wir alles getestet, und uns lieber für die langen Hosen und schwitzen entschieden. Wilhelm, der mittlerweile schon die Hauptschule bei uns im Dorf besuchte, wie auch einige seiner Schulkameraden, durfte den Trecker samt Anhänger nicht nur auf dem Feld oder Hof fahren, er durfte auch vollbeladen kurze Strecken über die Straße zurücklegen. Manchmal haben wir dann auch im abkühlenden Fahrtwind Lieder gesungen, Wilhelm verdrehte dann immer die Augen, schaute Jochen dabei an, legte einen schnelleren Gang ein und gab dann noch mal richtig Gas. Jedes Jahr, vor allem in den Sommerferien, fuhren wir das Heu und Stroh ein, was sich, wenn das Wetter mitspielte, über mehrere Wochen hinzog. Aus diesem Grund und natürlich auch, weil die Tiere versorgt werden mussten, konnten wir nie in den Urlaub fahren. Ich konnte und wollte mir auch nicht vorstellen, mit meinen Geschwistern und den Eltern, den Hof für zehn oder vierzehn Tage zu verlassen, um wegzufahren. Die Katastrophe wäre perfekt gewesen. Man hätte Warnungen rausgeben müssen, wo wir uns gerade befänden oder überhaupt, wo die Reise hinging. In ein Flugzeug hätten wir Papa nicht reingekriegt, denn er wusste, mit welchen Schrauben es zusammengehalten wurde und die Piloten hatten sowieso keine Ahnung von dem, was sie da taten, das wusste unser Vater ganz genau. Wir blieben brav zu Hause und „jöckelten", wie Papa es nannte, nicht durch die Gegend. Auch wenn wir nicht wegfuhren, freuten wir uns jedes Jahr ganz besonders auf die Sommerferien. Für mich waren es die ersten heißersehnten Ferien als Schulkind. Als Kindergartenkind gab es für mich nicht so lange Sommerferien, da musste ich morgens in den Kindergarten, während meine Geschwister ausschlafen durften. Das habe ich damals von Mama total ungerecht und doof empfunden. Ich Kleinste musste raus. Es lohnte sich nicht, auf Mama einzuquatschen oder sie sogar zu bitten oder betteln, mich zu Hause zu lassen. Sie ließ sich auf keine Diskussion ein, schließlich bezahle sie dafür. Die Ferien waren immer, nicht nur für mich, sondern auch für meine Geschwister, das Größte und Beste, während unserer ganzen schulischen Laufbahn. Wilhelms Katze Mümmelmann, weiß, mit ein paar schwarzen Punkten, Idas Katze Caroline, rot, schwarz-weiß, Friedas Katze Blacky, schwarz, mit einem weißen Fleck auf der Brust und weißen Pfötchen und mein pechschwarzer „Teufel" mussten in den Ferien unter unserer Daueranwesenheit ziemlich leiden. Wir schnappten uns die zahmen Tierchen und taten so, als wenn sie unsere Kinder wären. Selbstverständlich mussten kleine Kätzchen ihr Mittagsschläfchen halten und unbedingt an der frischen Luft ausgefahren werden. Wir legten sie in unsere Puppenwagen und deckten sie bei sommerlichen Temperaturen zu. Das wollten die Katzen absolut nicht und versuchten aus den Wagen zu springen. Doch da hatten sie nicht mit aufmerksamen "Katzenmüttern" gerechnet. Abermals packten wir sie und drückten sie zurück in den Wagen und hielten sie feste. Schieben konnten wir auch mit einer Hand. Die Katzen wollten partout nicht stille halten und befreiten sich durch Kratzen und Beißen. „Undankbare Viecher", sagte ich laut selber zu mir. Außer Idas Caroline, die ließ es sich gut gehen, blieb brav liegen und ließ sich durch die Gegend schaukeln. Auch ihr Liebesperlen- Fläschchen hielt sie auf dem Rücken liegend zwischen ihren Vorderpfötchen und trank die Milch darin ganz aus. Wie brav sie war. Das sah unser Vater völlig anders. Er hasste unsere Katzen, weil Taubenfreunde und Katzenliebhaber einfach nicht zusammen passen. Wie Hund und Katze oder Wasser und Feuer. Ab und an kam bei unseren Stubentigern ein ganz natürlicher Jagdinstinkt durch. Den versuchten sie in Papas Taubenschlag auszuleben. Sie sahen die Tauben vor ihren Augen und konnten einfach nicht anders, als mal die eine oder andere zu verspeisen. Papa kochte dann vor Wut und litt mit seinen gefiederten Freunden. (Die aber auch, wenn sie keinen guten Flug geleistet hatten, den Kopf durch Papas Hand verloren!) Nichtsdestotrotz, Papa wollte Rache. Er sah wie Caroline über das Dach des Taubenschlages spazierte. „Na warte, du dreifarbiges Raubtier, dir werde ich helfen!" und griff gleichzeitig nach seinem bereitstehenden Kleinkalibergewehr. Leise lud er das Gewehr durch, legte an und nahm Idas Caroline auf Kimme und Korn. Die Katze genoss nichts ahnend ihren Ausflug und ihre

letzten Atemzüge, bevor Papa abdrückte und
sie piff-paff vom Dach knallte. Wir fanden sie
Blut überströmt auf dem Boden liegend.
Entsetzt legten wir den leblosen Körper in
einen Schuhkarton. Ihre Liebesperlenflasche
legten wir dazu, begruben sie und zierten ihr
Grab unter Tränen mit einem Kreuz. Zwei
weitere Kreuze folgten. Mümmelmann war
eine geraume Zeit verschwunden, kam kurz
nochmal und zeigte sich, bevor er für immer
verschwand. Wir sprachen kein Wort mehr
mit unserem Vater. Wir hassten ihn für sein
grausames Werk. Mama hatte Mitleid mit
uns und versuchte, uns zu trösten. Sie
schimpfte den Katzenkiller nach allen Regeln
der Kunst aus. Nach ein paar Wochen des
Schweigens entschuldigte sich unser Vater
für sein rüpelhaftes Benehmen. Wir
akzeptierten seine Entschuldigung,
verziehen ihm seine Tat aber nie. Gottes
Mühlen mahlen langsam, aber gerecht,
dachten wir uns. Die Zeit heilte auch diese
Wunden. Draußen wurde es langsam kalt.
Der Herbst stand vor der Tür. Der

Küchenofen und der Wohnzimmerofen mussten schon angefeuert werden. Mama heizte nicht nur mit den Öfen. Sie benutzte sie auch als Krematorium für Mäuse, die sich ins Haus verirrt, und die sie gefangen hatte. Oder als Müllverbrennungsanlage für Verpackungen. Leider landete eines Tages nicht nur die Verpackung des Milchkühlungsthermostates in dem Ofen, auf das Papa seit Wochen wartete, sondern auch der kleine, zierliche Inhalt. „Wo ist denn der Karton," fragte Papa Mama, „der gestern von Frau Richter gebracht worden war?" - „Welcher Karton?" fragte Mama zurück. „Meinst du den kleinen leeren Karton, der auf dem Küchenschrank gestanden hatte?" „Ja, genau der, " antwortete Papa. „Aber der war doch gar nicht leer!" dachte Papa laut. „Neiiiin!" schrie Papa entsetzt, „du wirst ihn doch nicht etwa im Ofen verbrannt haben?" Mama hielt sich erschrocken die Hand vor den Mund und sagte: „Doch hab ich, ich dachte, da ist nichts mehr drin. Es tut mir leid. Ich würde doch niemals extra ein paar hundert Mark verbrennen!" Papa konnte es nicht fassen. Nicht nur, dass er lange darauf gewartet hatte und das Thermostat dringend für die Milchkühlung brauchte, weil das alte nicht mehr richtig funktionierte. Auch der finanzielle Schaden tat richtig weh. Es half nichts, er musste ein neues bestellen. Zum Trübsal blasen blieb keine Zeit, die Kartoffeln mussten geerntet werden. Dafür musste Mann und Maus mobil gemacht werden. Einige Kinder aus dem Dorf kamen, um sich beim Kartoffelaufsammeln ein paar Mark für die Kirmes zu verdienen. Alle anderen, wie z.B. Tante Inge, Jochen, Stella, Antje und Meter waren natürlich sowieso mit dabei. Papa rodete Reihe für Reihe. Die Kartoffeln flogen an die Oberfläche. Die Erdäpfel wurden in einem Eimer gesammelt. Die Fläche, die jeder möglichst schnell frei zu sammeln hatte, wurde vorher eingeteilt. Wenn der Eimer voll war, musste er zum Anhänger gebracht werden, damit er dort ausgeleert werden konnte. Die Erwachsenen erledigten diesen Arbeitsgang für die kleinen

Helfer mit. Es war herrlich in der klaren kühlen Herbstluft zusammen draußen zu arbeiten. Obwohl, wir merkten gar nicht so richtig, dass wir arbeiteten, so viel Spaß hatten wir dabei. Am schönsten waren jedoch die Pausen auf dem Acker. Unsere Mutter hat Brote, Kaffee und Kakao fertig gemacht, die aufs Feld geholt wurden. Jeder bekam eine Tasse mit einem schönen heißen Getränk. Frisch aus der Warmhaltekanne. Dazu aßen wir mit unseren schmutzigen Händen die Brote. Jeder saß auf seinem umgedrehten Eimer, lachte, erzählte oder hörte einfach nur zu. Mit gestärkten Kräften konnte die Arbeit fröhlich weitergehen. Die Feldarbeit war irgendwann getan und die Kartoffeln wurden auf dem Hof weiterverarbeitet. Die schlechten wurden mit Hilfe einer (wie wir sie nannten) Rüttelmaschine und den schnellen Handgriffen der Frauen aussortiert. Die Größe der Kartoffeln war auch noch wichtig. Jetzt konnten sie erst in Jutesäcken abgewogen werden und mit dem Trecker und Anhänger an die Kartoffelkunden im Dorf verteilt werden. Auch wenn es draußen schon richtig frisch war, die Tour fuhren wir natürlich mit. Eine Erkältung blieb da zumindest bei mir und meinen schlechten Bronchien nicht aus. Ich pfiff aus dem letzten Loch, keuchte wie eine alte Dampflokomotive, und meine Nase lief wie ein Wasserfall. Mama wusste sofort, was zu tun war. „Schmalzwickel" hieß die Geheimwaffe. Mamas sonderbare Hausmittel waren genial. Sie nahm einen alten Stoffstreifen aus Leinen, der mit Schmalz und Muskat eingeschmiert wurde. Dieser wurde um den nackigen Brustkorb gewickelt. Darüber wurden ein Unterhemd und darüber der Schlafanzug gezogen. Es roch zwar etwas streng, aber es wirkte wunderbar. Das Bett wurde mit Hilfe einer Wärmflasche vorgeheizt. Bevor wir uns dort einmuckeln konnten, gab es zum Abendessen noch ein warmes Süppchen. Das tat sooo gut, wenn wir so betüdelt wurden, und ich habe dann trotz dieser blöden

Erkältung geschlafen wie ein Engel.
Während dieser Kartoffelernte hatte Papa eine neue Kartoffelerntemaschine zum Ausprobieren angeboten bekommen. Obwohl wir schon so gut wie fertig waren, testete Papa diese neue "zwei-in-eins-Maschine" am letzten Feld aus. Dieses Wunderteil machte die Kartoffeln aus und gleichzeitig konnten Arbeiter, die oben auf dieser Maschine standen, die hochbeförderten Kartoffeln aussortieren. Zwei Arbeitsgänge in einem. Nur auf die Finger mussten sie gut achten. Es war ab und an gesünder, lieber eine schlechte Kartoffel durchlaufen zu lassen, als sie noch schnell erhaschen zu wollen. Frieda und Ida durften mit mir und Jochen auch eine Runde aussortieren. Ida war so glücklich, dass sie endlich ihren letzten Gipsarm ab hatte und alles wieder mitmachen konnte. Es wäre so schön für sie gewesen, dieses Glück länger in Anspruch nehmen zu können. Sie hätte einfach nur wie alle anderen auch, nicht noch mal zugreifen sollen, um noch die letzte

faule Kartoffel zu erhaschen. Sie hatte die Situation völlig unterschätzt und sich deswegen den Nagel des Mittelfingers in der Maschine abgerissen. Als sie laut aufschrie und wir völlig entsetzt „Maschine stopp!" schrien, war es schon zu spät. Mama fuhr sofort mit ihr ins Krankenhaus zu Dr. Frankenberg. Als sie später wiederkamen, weinte sie nicht mehr, aber ihr Finger war dick verbunden und sie zog ein langes Gesicht. „Jetzt kann ich wieder nicht für ein paar Wochen am Schwimm-unterricht teilnehmen," sagte sie traurig.

Das Abziehen der "Pril-Blumen" von der Spüli-Fasche, um diese dann im Badezimmer oder in der Küche auf die Fliesen zu kleben, war für uns vier immer ein Grund zum Streiten. Als kleines Trostpflaster für Idas verletzten Finger ließen wir ihr den Vortritt. Sie durfte zwei Monate lang kleben und bestimmen, ob die Blumen in die Küche oder ins Badezimmer geklebt wurden!

Ida war Rechtshänderin. Durch die vielen Unfälle, die sie nacheinander hatte, lernte sie mit der linken Hand schreiben, damit sie in der Schule nicht zu viel verpasste. Ihre Handschrift sah durch ihren Ehrgeiz, den sie beim vielen Üben entwickelt hatte, fast genauso gut aus, als wenn sie mit rechts geschrieben hätte. Mir wäre das völlig egal gewesen. Ich hätte meinen Nutzen aus der Situation gezogen, und keine schriftlichen Hausaufgaben oder Klassenarbeiten geschrieben, weil ich immer noch nicht gerne, und das ist noch milde ausgedrückt, in die Schule ging. Nicht, weil ich faul war, nein, ich hatte immer ein schlechtes Gefühl in der Magengegend, wenn ich im Klassenzimmer saß. Ich fühlte mich dort überflüssig und nie richtig akzeptiert und angekommen. Mindestens ein Mal in der Woche jammerte ich Mama morgens vor, dass ich krank sei und nicht zur Schule könnte. Spätestens, wenn Mama sagte „Dann müssen wir wohl zu Frau Dr. Dauber fahren", ging es mir ganz schnell wieder besser. Die Vögel, die ich vom Klassenzimmer aus draußen in den Bäumen beobachten konnte, waren zu beneiden. Die durften rumspringen und so viel singen wie sie wollten. Vom ersten Schultag an wurden alle Kinder, die einen weiten Schulweg hatten, von einem kleinen Schulbus eingesammelt. Voraussetzung dafür war, dass die km-Angabe die vorgegeben war, peinlichst genau eingehalten wurde. Mama war dadurch ihren Fahrdienst los und auch recht froh darüber. Die Familienmitglieder vom Bahrenberg und ihre Nachbarn saßen schon im Bus, als der bei uns auf dem Hof hielt. Der freundliche Mann hinterm Lenkrad hieß Siggi Ross. Er trug sein schwarz glänzendes Haar streng nach hinten, hatte immer das Radio an und begrüßte uns jeden Morgen mit einem vergnügten „Guten Morgen". Jeden Tag das gleiche. Außer an dem Morgen, ich ging schon in die zweite Klasse, als ich mit grauenvollen Bauchschmerzen wach wurde. An Laufen war gar nicht zu denken. Sobald ich versuchte, ein Bein vor das andere zu setzen oder nur leicht anheben wollte, wurden die

Schmerzen noch schlimmer. Die Treppe
runter bis ins Badezimmer war die Hölle.
Kaum auszuhalten. Ich weinte bitterlich und
flehte Mama an, mich zu Hause zu lassen.
„Das könnte dir so passen, ich bin deine
ewigen Schauspielereien satt," sagte sie
sauer und schob mich ins Badezimmer.
„Bitte Mama, ich habe bestimmt das gleiche
wie die Ute aus unserem Uli-Heft in der
Schule. Bei der war das genauso wie bei
mir!" Auch die Zwillinge konnten sie nicht
umstimmen. Unsere Mutter ging nach dem
Spruch „wer einmal lügt, dem glaubt man
nicht" und blieb hart. Nachdem "die Beiden"
schon im Bus Platz genommen hatten,
versuchte ich das Unmögliche möglich zu
machen und das Trittbrett des Schulbusses
zu betreten. Mama schob mittlerweile vor
Wut kochend von hinten nach. Ich schrie
und heulte vor Schmerzen, bis Herr Ross
sich entsetzt einmischte und sagte: „Das hat
doch keinen Zweck, lassen sie doch das arme
Kind zu Hause." „Na gut," sagte Mama, aber
dann fahren wir sofort zu Frau Dr.!" Als ich

„ja, bitte!" sagte, wurde Mama ganz blass. Frau Dr. Dauber stellte bei mir eine Blinddarmentzündung fest und wies mich dringendst ins Krankenhaus ein. Der Blinddarm wurde herausgenommen, und ich musste zwei Wochen im Krankenhaus bleiben. Mama hat geweint, weil sie ein schlechtes Gewissen hatte, aufgrund ihrer Hartnäckigkeit am Morgen und, weil sie total geschockt darüber war, dass ich ins Krankenhaus musste. Während dieser zwei Wochen kam sogar Frau Nerz, meine Klassenlehrerin, um mich zu besuchen. Sie fragte, wie es mir geht. Ich freute mich sehr über ihr Interesse und über ihren Besuch. Nur, als sie ihre Tasche aufmachte und mir die versäumten Haus- und Schulaufgaben zeigte, war ich ganz schön überrascht.
Ich dachte, wir plaudern ein wenig über dies und das, aber das konnte ich mal vergessen. Vor ein paar Jahren, also um genau zu sein nach meiner Geburt, war ich ja schon mal hier. Allerdings war ich nicht alleine, mein kleiner Prinz war damals bei mir gewesen.

Ob er vielleicht noch kommt, um mich zu besuchen? Oder würde ich ihn überhaupt noch mal sehen? Was war aus den anderen für mich wichtigen Persönlichkeiten geworden, die alle schon in diesem Kinderzimmer waren, würde ich die auch noch einmal treffen? Aber man würde sehen, was die Zukunft bereithält. Für unseren gut gelaunten Busfahrer Herrn Ross auf jeden Fall nichts Gutes. Der ist nämlich rausgeflogen und hatte keine Arbeit mehr. Die Kilometerentfernung für die Buskinder wurde neu berechnet. Für meine Schwestern und mich bedeutete das, dass wir in Zukunft gute Laufschuhe brauchten, denn es fehlten nach dieser neuen Berechnung wenige Meter, um weiterhin mit dem Bus fahren zu dürfen. Da Herr Ross mit dem kleinen Bus unseren Hof passieren musste, fand Papa es aber unmöglich, dass wir mit unseren schweren Tornistern laufen sollten. Also bat er ihn, uns einzuladen und mit zur Schule zu nehmen. Herr Ross meinte, er dürfe das nicht, da er sonst gegen die Anweisung von ganz oben verstoßen würde. Er gab aber auf Papas Bitte hin nach und nahm uns, wie er meinte, ein letztes Mal mit. Frau Nerz hat das mitbekommen und bohrte hartnäckig bei Mike und mir nach einer Bestätigung. Wir hielten auch nach der xten-Befragung dicht, und sagten nicht, dass wir mitgefahren seien. Irgendwann, nachdem Frau Nerz recht forsch und ungeduldig wurde, brachen wir ein und dadurch war Herr Ross seinen geliebten Arbeitsplatz los. Ich fühlte mich sehr schlecht, als ich das hörte. Obwohl Mike oder mich gar keine Schuld traf. Die Erwachsenen sollten sich was schämen, Konflikte auf so eine billige Art und Weise zu lösen. Dieser Zwischenfall sorgte dafür, dass ich mich noch unwohler in der Schule fühlte, was sich noch negativer auf meine Zensuren auswirkte. Mama sorgte dafür, dass ich Nachhilfe durch den liebenswerten Herrn Buchholz, einen Freund der Familie bekam. Anscheinend wollte Mama mir damit das Wochenende auch noch versauen. Denn Herr Buchholz kam jeden Sonntagmorgen nach der Kirche, um mit mir Mathe zu pauken. Er investierte sehr viel Zeit und Mühe, doch ich hörte überhaupt nicht richtig zu, weil ich einfach keine Lust auf Mathe hatte. Ich nickte immer nur zustimmend, dass ich alles verstanden hätte, und hoffte, dass die Stunde schnell rumging. Ich hatte eben andere Interessen, fragte ihn auch schon mal, wenn draußen das Federvieh krähte, ob ich eben mal schnell schauen dürfte, ob es der Hahn oder eine Henne gewesen sein könnte. Oder ich hielt nach dem Kirchbesuch die lange Straße im Auge, wenn ich dort seinen Audi erblickte, versteckte ich mich schnell und konnte leider nicht mit ihm Mathe lernen. Mama rief dann immer lautstark meinen Namen, aber ich konnte ihn irgendwie nie richtig hören und meldete mich deswegen auch nicht. Blöd war nur, wenn im Sommer während dieser Zeit der Eiswagen kam. Dumm gelaufen. Ich hatte die Rechnung ohne den Wirt oder in meinem Fall ohne Mama gemacht. Die hatte die glorreiche Idee, dass ich die zweite Klasse dann doch besser einmal wiederholen sollte, damit meine Zensuren besser wurden und sie dem zweiten Problem direkt aus dem Weg gehen konnte. Das zweite Problem wäre nämlich in dem folgenden Schuljahr meine neue Klassenlehrerin gewesen. Das war die, die Kinder aus Arbeiter- und Bauernfamilien nicht mochte. Dieselbe schreckliche Person, die die Zwillinge schon unterrichtet hatte. Mama wollte aus diesen Gründen zwei Fliegen mit einer Klappe schlagen. Für mich wäre es sinnvoller gewesen, dem liebenswerten Herrn Buchholz oder besser noch in der Schule zuzuhören und brav zu lernen. Eine total bekloppte Idee von Mama. Wie konnte sie mir das nur antun. Eine Welt brach für mich zusammen. Mit dieser Problemlehrerin wäre ich schon fertig geworden, aber mit noch einem scheußlichen Jahr mehr Grundschule absolut nicht! Allerdings muss ich zugeben, waren die darauffolgenden Jahre nicht mehr ganz so schlimm. Der Lehrer und die Lehrerin in der dritten und vierten Klasse haben sich wirklich sehr viel Mühe gegeben und waren sehr lustig und liebenswert, und ich hatte durch die Kinderkommunion statt einen Tag zwei freie Tage. Einmal, als ich selber mitging, und einmal, als meine Klassenkameraden an der Reihe waren. Das hat nicht viel gutgemacht, aber besser als gar nichts. Freitagsabend der Schwimmunterricht mit Onkel Fredi, dem fleißigen Nachbarn oben vom Berg und seinem ältesten Sohn im Bochumer-Südbad gefiel mir da schon weitaus besser. Meine lieben Geschwister fuhren genauso gerne mit wie ich, nur die drei konnten schon schwimmen. Ich lernte es aber Dank Onkel Fredis und Wilhelms Hilfe auch recht schnell und wurde sogar in der blöden Schule eine recht gute und schnelle Brustschwimmerin. Wenn uns Onkel Fredi abends wieder zu Hause abgesetzt hat, hatte Mama schon den Heringsstipp mit Pellkartoffeln fertig. Riesigen Hunger hatten wir dann nach dem Schwimmen, vor allem an dem Abend, als ich Mama stolz erzählen konnte, dass ich richtig alleine geschwommen sei und alleine im Schwimmerbecken weit draußen ohne Rand geschwommen war. Beim Essen, bereits im Schlafanzug, schauten wir uns im Fernseher „Väter der Klamotte" an und schliefen dann irgendwann an unserem geliebten Freitagabend ein. Meine Kinderkommunion lief fast genauso ab wie bei meinen Geschwistern. Nur, dass Mama nicht mit mir in die große Stadt Essen gefahren ist, um ein Kleid samt Zubehör zu kaufen, wo ich mich schon wahnsinnig drauf gefreut hatte. Sie ließ aus den Kleidern von „den Beiden" eins machen, indem sie von einem Kleid den Saum an das andere Kleid annähen ließ, damit es etwas länger wurde, da ich zu diesem Zeitpunkt etwas größer war als meine beiden kleinen Schwestern. Wer das Essen gekocht hat, weiß ich nicht mehr, Tante Dorchen auf jeden Fall nicht. Es gab ein festliches Essen und als Nachtisch eine Eisbombe. Die Familie teilte sich auf, da Mike ebenfalls ein Kommunionkind war und zu ihm die gleiche Anzahl Gäste zu erscheinen hatte wie bei mir. Dieses Mal hatte ich nach der Kommunion die Spendierhosen an und kaufte in Hattingen drei neue rote Klappräder. Ich war sehr stolz, meinen Schwestern jetzt auch etwas kaufen zu können. Der Rest des Kommuniongeldes wurde auf mein Sparbuch eingezahlt. Zusätzlich erhöhte ich meinen Kontostand, indem ich meine dreifarbige Katze an unseren Milchfahrer verkaufte. Nach meinem „Teufel" hatte ich gemeint, dass dieses recht wilde Tier meine neue Kuschelkatze werden könnte. Als sie klein war, war sie knuffig und lieb. Doch sie wurde größer und kaum zahm. Ich gab ihr den Namen „Stinktier". Stinktier und ich wurden nie richtige Freunde. Als unser Milchfahrer das wunderschöne Stinktier sah, war er ganz begeistert und musste sie unbedingt haben. Aufgrund dessen konnte ich den Preis hochschrauben und bei 30 Mark einschlagen. Nach diesem Geschäft hatte ich keine Katze mehr. Unser Bruder kümmerte sich schon lange nicht mehr um Katzen. Der fuhr immer öfter mit dem Trecker auf dem Hof hin und her oder arbeitete mit diesem auf den anliegenden Wiesen. Cousin Jochen fuhr sehr oft mit, wenn ich mich nicht irre, sogar immer. Oder die beiden Jungen tauschten auch schon mal, dann war Wilhelm der, der auf dem Schutzblech nebenan saß. Die Jungen fuhren sehr sicher und kannten sich bestens mit der Zugmaschine aus. Doch einmal, auf einer geraden Wiese in der Nähe des Hofes, wendete Wilhelm das Gras. Jochen saß nebenan. Ein lauter Schrei übertönte plötzlich das Tuckern des Treckers. Tante Inge hörte ihn bis oben zu ihrem Garten und erkannte, dass es ihr Sohn Jochen war. Sofort rannte sie los, holte ihre Autoschlüssel und fuhr zu der geraden Wiese. Wilhelm war kreidebleich, als sie dort eintraf und rief ihr mit Jochen im Arm zu: „Es war ein Unfall, ich habe noch gebremst, aber alles ging so schnell." Tante Inge rannte zu den beiden Jungen und sah, dass sich Jochen das Bein

vor Schmerzen hielt, aber, Gott sei Dank, er lebte.
„Was ist den passiert?" fragte sie geschockt, aber auch erleichtert. „Wir waren schon so gut wie fertig," erklärte Wilhelm ihr, „als Jochen einen dicken Ast im Gras liegen sah und sagte: „Warte, ich spring eben ab und räume ihn weg, damit wir uns den Heuwender nicht kaputt machen." Ich sagte ihm: „Warte, ich halte lieber an, dann kannst du ihn in Ruhe wegräumen." Ich hielt und Jochen sprang, dabei ist er mit dem Bein zwischen das Schutzblech und dem Reifen geraten." „Komm, wir bringen ihn zum Auto, ich fahre mit ihm zu Dr. Frankenberg ins Krankenhaus," sagte Tante Inge. Wilhelm fuhr alleine zum Hof zurück und erzählte geschockt, was passiert war. Wir warteten auf die Nachricht von Tante Inge. Diese berichtete, nachdem sie aus dem Krankenhaus zurückgekommen war, dass Jochen das linke Bein gebrochen habe und mit seinem Gipsbein erst mal im Krankenhaus bleiben müsse. Ansonsten

würde es ihm gut gehen. Wilhelm entschuldigte sich noch einmal bei Tante Inge und sagte ihr, dass es ihm sehr leid tat, was geschehen war. Tante Inge war ganz gerührt und sagte zu Wilhelm:
„Aber Wilhelm, du kannst doch gar nichts dafür! Gut, dass du so schnell reagiert hast, sonst wäre vielleicht mehr passiert. Er ist dort in guten Händen und kommt bestimmt bald nach Hause." Wilhelm war sehr erleichtert über Tante Inges Reaktion, und auch Papa ließ ihn weiterhin Trecker fahren. Ebenfalls im Sommer kam unser Ferienkind Leo zu Besuch. Leo musste leider im Kinderheim groß werden und hatte ungefähr das gleiche Alter wie die Jungen auf dem Hof. Mama klappte dann im Wohnzimmer die grüne Couch zu einem Bett um, auf der Leo dann schlafen konnte. Er war ein schüchterner, ruhiger Junge mit schwarzen Haaren. Im Gegensatz zu uns hörte er auf das, was man ihm sagte. Zum Beispiel mistete er den Hühnerstall für Mama aus. Eine saumäßige Arbeit, vor der

wir uns immer gedrückt hatten. Leo aber nicht. Er war uns ein gutes Vorbild und wirklich sehr fleißig, wenn er in den Sommerferien bei uns war. Als er später volljährig wurde, ging er seinen eigenen Weg und kam uns als erwachsener Mann besuchen, um zu schauen, wie es uns geht. Für uns blieb alles beim Alten. Nach der Schule wurde erst einmal gegessen. Nach dem Essen wurde gespült und abgetrocknet, staubgesaugt und die Böden aufgewischt. Die Hausaufgaben wurden danach erledigt und nach all dem konnten wir endlich spielen. Entweder mit Meter oder eben zu Hause. Samstags wurde das ganze Haus von oben bis unten geschrubbt, da wir keine Schule hatten, war es sinnvoll, unsere Freizeit mit solchen nützlichen Dingen zu gestalten, glaubte Mama.
Das Laub verfärbte sich langsam in wunderschöne rote, gelbe und braune Töne. Die Gänseschwärme schnatterten am Himmel und zogen langsam vorbei. Seinen eigenen Atem konnte man in der klaren

Herbstluft sehen, und die gelben Kartoffeln auch wieder. Papa rodete Reihe für Reihe um und die Kartoffeln konnten von dem dunkelbraunen Boden aufgesammelt werden. Auch wir schnatterten wie die Gänse während der Arbeit alle durcheinander, nur Frieda und Stella waren nicht mehr zu hören, und gesehen hatte die beiden irgendwann auch niemand mehr. Vielleicht waren sie Pipi machen. Weibliche Wesen gehen, wenn es möglich ist, am liebsten zu zweit, ungern alleine zur Toilette. Keiner dachte weiter darüber nach. Kurz vor der Pause auf dem Feld spannte Papa den vollen Anhänger mit Kartoffeln an, um ihn mit Mama und Tante Inge zum Hof zu bringen, damit die Frauen gleichzeitig auf dem Rückweg die Pausenbrote mitbringen konnten. Als sie auf dem Hof ankamen, trauten sie ihren Augen nicht. Da waren Stella und Frieda, aber was taten sie denn da? Papa erkannte die Situation sofort. Er hielt den Trecker an und rannte zu den Mädchen, die fröhlich dabei waren, durch das Kuhstallfenster aus dem darunterliegenden Dieselfass Diesel auf eine Kuh zu pumpen. Frieda hielt den Schlauch und Stella bewegte fleißig den Pumpschlegel hin und her. Die geduschte Kuh brüllte im Stall, weil der Diesel im Fell brannte. Die Mädchen dachten, die Kuh findet das toll. Doch als sie Papa wut-schnaubend erblickten, hörten sie auf und rannten davon. Stella erwischte er zuerst und versohlte ihr kräftig den Hintern. Sie rief Frieda nach, die ein Stückchen weitergekommen war: „Lauf Frieda, mich hat er schon!" Friedas Föttchen hatte danach Kirmes. Als Papa den beiden Mädchen ihre Lektion erteilt hatte, kümmerte er sich sofort um die arme brüllende Kuh im Stall, denn diesmal konnte Dr. Frankenberg nicht helfen. Er schrubbte mit warmen und kaltem Wasser und einer dicken Bürste über mehrere Stunden das arme Tier ab. Die Mühe hatte sich gelohnt, die Kuh hatte keine Schmerzen mehr und konnte dank Papas Einsatz gerettet werden. Stella und Frieda erkannten, was sie angerichtet hatten und entschuldigten sich später trotz schmerzender Hinterteile bei Papa. Auch dafür, dass sie das halbe Dieselfass leer gepumpt hatten. Sie erklärten, sie hatten keine Lust mehr gehabt, Kartoffeln aufzusammeln, und da wären sie, nachdem sie die Toilette besucht hatten, auf diese dumme Idee gekommen.

Bei uns auf dem Hof wurde es nie langweilig. Genug Arbeit gab es immer. Kleine Unfälle oder Streiche sorgten für den nötigen Nervenkitzel. Mal ganz davon abgesehen, dass immer neue Gesichter dazu kamen. Peter und seine Freundin Heike waren solche Neuzugänge. Peter war ein Schulfreund von Wilhelm und irgendwie ein komischer Kauz. Mit seinen blauen Augen und blonden Haaren sah er ganz normal bis hübsch aus. Doch seine schwarze Lederjacke, über die er eine Jeansweste mit Ketten und Nieten trug, verriet, dass er ein echt cooler Typ war. Mit einem „Hi Lelle" begrüßte er immer unseren Bruder. Total bescheuert fand Wilhelm das, lachte aber jedes Mal über diesen Ausruf. Wilhelm war, im Gegensatz zu Peter, nicht so ein cooler Typ. Ganz im Gegenteil, er sah mit seinen Naturlöckchen und seiner zierlichen Figur eher sehr brav und liebenswert aus. Eben ein echter Schwiegermutter-Schwarm. Das musste Heike auch so gesehen haben, denn nach ein paar Besuchen mit Freund Peter fand das braunhaarige Mädchen, die ebenfalls Naturlocken hatte, Wilhelm viel interessanter und auch nicht so durchgeknallt. Peter wurde dann zum Ex-Peter, und Wilhelm und Heike waren ein Liebespärchen. Jetzt ging das los. Peter konnte es gar nicht fassen. Geschockt und in seinem Stolz gekränkt, versuchte er sich mit Hilfe unserer Tarzanschaukel umzubringen. Wir Kinder, außer Wilhelm und Heike, schauten uns alles genau an. Heulend vor Wut zog er seine Jacke aus und legte sie unter die Schaukel. Danach legte er aus Holzstöcken ein Kreuz auf die Jacke, dabei brüllte er: „Die brauche ich sowieso nicht mehr!" Wir antworteten mit einem kurzen: „Genau Peter." Jetzt war es so weit, er versuchte sich das Drahtseil der Schaukel um den Hals zu wickeln. „So wird das nichts, Peter!" riefen wir ihm zu, da das Drahtseil zu steif war. Das musste der gekränkte Teenager dann auch einsehen und brach die Aktion ab. Ein weiterer Versuch im Kuhstall funktionierte auch nicht. Wir trösteten ihn mit den Worten: „Peter, du hast echt alles versucht, mach dir nichts draus. Du hattest super gute Einfälle und bist deswegen immer noch ein total cooler Typ." Papa sah, wie fertig Peter war und fragte ihn, was los sei. Die beiden unterhielten sich eine Weile, und danach ging es auch schon wieder mit ihm Bergauf. Heike kam nun regelmäßig und blieb sogar an den Wochenenden ganz bei uns. Mit Übernachtung und so. Peter hatte sich schnell mit einem anderen Mädchen getröstet und war wieder echt cool verliebt, kam aber nur noch ganz selten zu Besuch. Ich glaube, Mama hatte mit der neuen Situation, eine weitere Frau im Haus zu haben, ihre Probleme. Papa tat sich zu Anfang auch etwas schwer, da er Angst hatte, Wilhelms Arbeitskraft könnte geschmälert oder sogar ganz verloren gehen. Von unserer konservativen Oma mal ganz zu schweigen. Schließlich waren die beiden ja noch minderjährig und nicht verheiratet. Nach ein paar Machtkämpfchen kamen alle wieder zur Ruhe, und Heike durfte sogar bei der Ernte oder Stallarbeit helfen. Außerdem konnte sie noch sehr nützlich werden, da sie eine Lehre als Maler und Anstreicher angefangen hatte. Papa war nämlich mit dem Bau eines neuen Kuhstalls beschäftigt und die Eisenpfeiler in diesem, auf der die Dachbalken lagen, mussten angestrichen werden, bevor die ersten Tiere einziehen konnten. Wilhelm half sowieso beim Bauen mit. Da kam die Anstreichhilfe des jungen Mädchens wie gerufen, dadurch stieg sie in der Gunst und konnte unheimlich Pluspunkte bei den alten Herrschaften sammeln. Durch den Bau des neuen Kuhstalls konnten die Gebäude des

Wohnhauses, alter Kuhstall, Diele und Scheune verbunden werden. Wobei die Scheune am Ende neben dem neuen Kuhstall liegt, in dem die Schweine untergebracht waren. Schweine, vor allem die kleinen Ferkelchen mit ihren süßen Steckernasen, der zarten rosa Haut und den kleinen Schlappöhrchen, sind einfach nur schön anzuschauen, wenn sie bei Mutter Sau säugten oder alle zusammen auf einem Haufen lagen und schliefen. Wenn nur dieser penetrante Gestank der Viecher nicht gewesen wäre. Genau in diesem Schweinestall hatte unser Bruder beschlossen, den „Beiden" das Rauchen beizubringen. Da er auch schon rauchte und die Zwillinge neugierig geworden waren und ihn immer nervten mit „Wilhelm, lass uns doch auch einmal ziehen", wenn er in Ruhe eine qualmen wollte oder Rauchwölkchen in die Luft blies. Eigentlich hielt er ihnen die qualmende Zigarette hin und drehte sie, kurz bevor eines der Mädchen ziehen wollte, rasch um, sodass sie sich die Lippen an der

Glut der Zigarette verbrannte. Wenn ihm dies gelang, freute Wilhelm sich wie Bolle und meinte: „Das ist nur zur Abschreckung, damit ihr gar nicht erst anfangt mit dem Rauchen." Doch an diesem Tag sollte es anders werden. Wilhelm ließ sie wirklich, eine nach der anderen, von seiner Zigarette ziehen. Die Mädchen pusteten sofort den Qualm aus. „So geht das nicht ," meinte unser Bruder." Ich schaute sehr fasziniert zu. „Ihr müsst ziehen und dann den Qualm hinunterschlucken und richtig auf Lunge inhalieren," erklärte er, und machte es noch einmal vor. „Darf ich auch mal?" fragte ich ganz aufgeregt. „Nein", antwortete Wilhelm mir forsch, „komm du erst mal mit deinem Alkohol klar." Enttäuscht schaute ich zu, wie meine Schwestern weiter übten. Sie husteten fürchterlich, und nachdem Wilhelm die zweite Zigarette angezündet hatte und sie diese auf Lunge aufgeraucht hatten, wurden sie ganz blass um die Nase. Ich wusste nicht, was mit ihnen los war. Lag es am Rauchen oder an dem Gestank von den

Schweinen? Oder vielleicht an beidem. Auf jeden Fall wollten sie nicht mehr rauchen und gingen sofort rein. Mama sah die „Beiden" und meinte: „Mein Gott, ihr seid ja ganz blass, was ist denn mit euch los?" „Nichts, Mama," antwortete Ida, „wir gehen nach oben auf unser Zimmer und legen uns etwas hin." Unsere Mutter machte sich Sorgen und vermutete, dass die Mädchen vielleicht hungrig sein könnten und schmierte ihnen Käsebrote. Da den Zwillingen eh schon kotzübel schlecht war, wollten sie die Käsebrote absolut nicht essen. Mama bestand aber darauf. Sie machten jede einen Bissen und dann mussten sie sich auch schon übergeben. Danach wollten sie nur noch schlafen. Mama verstand die Welt nicht mehr. Erst dachte sie mit den Broten wäre was nicht in Ordnung gewesen. Als sich die Zwillinge wieder erholt hatten und unsere Mutter beharrlich nachbohrte, was los war, gestanden sie. Sie versprachen ihr, niiiiie wieder eine Zigarette anzurühren. Mama war nur froh, dass es nicht an den Käsebroten gelegen hatte. Unsere Cousine Marlene, das ist die Tochter von Onkel Günter und Tante Katrin, die mit ihren beiden Brüdern Franz und Dirk weit weg am Rhein wohnte, wuchs dort völlig anders als wir vier neben einer Hühnerfutterfabrik auf. Marlene und ihre Brüder wurden von Tante Katrin gut behütet und recht konservativ erzogen. Marlene wäre nie auf die Idee gekommen, an einer Zigarette zu ziehen oder gar eine ganze Zigarette zu rauchen. Sie machte mal bei uns in den Sommerferien drei Wochen Urlaub, die einfach nicht enden wollten. Obwohl wir erst spät ins Bett gekommen waren, meinte Marlene, uns früh morgens an den Beinen aus dem Bett ziehen zu müssen. Vorher riss sie das Fenster auf und fing laut an zu singen. Sie bestand immer darauf, gesunde Lebensmittel zu essen oder zu trinken und geottet durfte schon mal gar nicht werden. Wenn wir uns am Bach sonnen wollten, achtete sie genau auf die Sonnenzeiten. Einmal täuschten wir drei Mädchen einen

Sonnenstich vor. Wir redeten halb benommen wirres Zeug und klagten über Kopfschmerzen. Sofort reagierte die Cousine und zog uns eine nach der anderen (wie Greenpeace die Wale ins Meer) in den kleinen Bach. Glück für Marlene, dass die Zwillinge und ich recht schlank waren und nicht dick, wie es oft vermutet wurde von Mädchen, die auf einem Bauernhof oder auf dem Land groß wurden. Mit leichten Ohrfeigen rechts und links versuchte sie uns unter Dauerbeschallung wieder klar zu kriegen. Doof schaute sie drein, als wir zu erkennen gaben, dass wir gar keinen Sonnenstich hatten, bedankten uns trotzdem für ihre aufopfernde Hilfe, gingen pfeifend aus dem Bach und sonnten uns weiter. Sie war sehr liebenswert und hilfsbereit, nervte aber den ganzen Tag, weil sie in einer Tour redete und alles gut fand, was umweltfreundlich oder biologisch war. Eben eine richtige Ökokuh. Marlene war von ihrem Urlaub auf dem Bauernhof begeistert, vor allem von den Wasserschlachten, die wir uns lieferten. Als Marlenes Ferien bei uns auf dem Hof endeten, hatten wir endlich unser Leben wieder und machten drei Kreuze, als Marlene von Onkel Günter abgeholt wurde. Leider änderte sich das Leben für uns alle in diesen Ferien. „Unser Omma" verstarb an einem Samstagabend. Obwohl es ihr an diesem Abend super ging und sie richtig gute Laune hatte, war sie ein paar Stunden später tot. Frau Dr. Dauber war in den Urlaub gefahren, aus diesem Grund rief Papa, als es Omma plötzlich schlecht ging, den vertretenden Arzt. Der kam sehr schnell, konnte ihr aber auch trotz Erster Hilfe-Maßnahmen nicht mehr das Leben retten. Der gerufene Krankenwagen musste leider wieder leer abfahren. Wilhelm, Heike und ich saßen bei uns im Schuppen, der sich gegenüber des Wohnhauses befindet, und sahen schockiert zu, wie alles von statten ging. Blitzschnell kamen aus allen Richtungen Autos angefahren, in denen die Onkels, Tanten oder die erwachsenen Enkel von Omma saßen, nachdem sie von Ommas

Tod erfahren hatten. Es lag wieder dieses Kribbeln in der Luft, und ich verstand im ersten Augenblick überhaupt nicht, was los war, obwohl ich sehr gut wusste, was passiert war. Ein Kauz schrie im Hintergrund. Ein richtig schauriger Moment war das. Papa bestand darauf, dass „unser Omma" noch die Nacht bei uns im Haus bleiben sollte und ließ sie erst am Sonntagmorgen abholen. Das war keine schöne Situation, obwohl wir „unser Omma" sehr mochten. Aber sie war nun mal eine Leiche. Da Omma in den Ferien verstorben war, brachte sie uns dadurch um einen freien Tag in der Schule. Den bekam man nämlich für die Beisetzung von Angehörigen. Es sei Omma verziehen, denn das hatte sie sich nun mal nicht selber aussuchen können, oder? Ich besuchte diese furchtbare Grundschule eh im letzten Jahr, und dann sollte dieser Albtraum zu Ende gehen.

5. Wahnsinnige Schulzeit und fast erwachsen

Danach besuchten wir alle die Hauptschule bei uns im Dorf, weil wir diese zu Fuß erreichen konnten, denn unsere Eltern wollten nicht, dass wir mit dem Linienbus bis nach Hattingen oder sogar bis nach Essen fahren sollten. Auch, wenn die Zeugnisse meiner Geschwister gut genug waren, um eine Realschule oder ein Gymnasium besuchen zu können, wäre das nie ein Thema für unsere Eltern gewesen. Es wurde auf gar keinen Fall mit dem Linienbus gefahren und genutzt, was vor der Haustür lag. Schließlich brauchten wir nur zehn Minuten zu Fuß vom Hof bis zur Hauptschule. Heute würde man sich und sogar auch unseren alten Herrschaften an den Kopf fassen, über so eine Denkweise. Aber so war es damals nun mal bei uns. Wilhelm hatte seine Ausbildung in Hattingen als Maschinenschlosser begonnen. Mama

fuhr ihn jeden Tag mit dem Auto hin, damit er eben nicht mit dem Linienbus fahren musste. Als er älter wurde, fuhr er mit seinem Moped zur Arbeit.
Ich fühlte mich endlich wohl in der Schule und ging gerne dort hin. Das spiegelte sich sogar auf meinem Zeugnis nieder, das wirklich gut war. Es war ein schönes Gefühl, mal auf der anderen Seite zu stehen und die Überholspur zu benutzen, obwohl ich gar nicht viel lernen musste. Wir hatten aber auch eine super Klassenlehrerin! Leider blieb das "Schneiderlein" nicht unsere Lehrerin, sie verließ die Schule und wechselte zu einer Grundschule. Danach hatten wir einen Klassenlehrer. Für mich ging es dann nur noch bergab. Ich entschied mich dafür, die Rolle des Klassenclowns zu übernehmen, was mir sehr viel Spaß machte, um nicht wieder die Lust an der Schule zu verlieren. Ich konnte machen, was ich wollte, ich bekam bei dem neuen Lehrer kein Bein auf den Boden. Zugegeben, das eine oder andere Mal habe ich es mit dem Quatschen

übertrieben. Es gab aber auch Klassenkameraden, die genauso wenig sprachbehindert waren wie ich, bei denen war das aber nur halb so schlimm. Die mussten auf jeden Fall nicht so oft vor der Tür stehen wie ich. Warum war das so? Könnte es an der Vergangenheit gelegen haben, da dieser Klassenlehrer mit unserer ehemaligen, für uns schrecklichen, Grundschullehrerin verheiratet war, die keine Kinder aus Bauern- oder Arbeiterfamilien mochte? Die, die dafür gesorgt hatte, dass meine Schwestern krank geworden waren! Spinnt man sich schnell was zusammen oder ging er nach dem Motto, die Rache wird mein sein, weil seine Angetraute damals nach diesem Skandal erst einmal vom Schuldienst suspendiert worden war? Egal, ich machte das Beste draus, ließ mich nicht unterkriegen und hatte mit meinen Klassenkameraden viel Spaß. Meter besuchte schon seit einem Jahr eine Realschule in Hattingen. Sie durfte mit dem Bus fahren und lernte viele neue Mitschüler kennen. Ich gönnte ihr die Fahrt mit dem Bus und ihre neuen Mitschüler, war aber auch traurig, dass wir nicht dieselbe Schule besuchen konnten. Ansonsten blieb alles beim Alten.

Da wir nun alle die weiterführende Schule besuchten oder sogar schon eine Ausbildung machten, fühlten wir uns nicht mehr so klein, eben keine Kinder mehr. Obwohl, genau das waren wir noch. Stella, Antje und meine lieben „Geschwister fürchterlich" hatten vom Bahrenberg Hof eine Zigarre organisiert, um die wir uns heimlich auf unserem dreistöckigen Baumhaus kümmerten. Die Streichhölzer zu beschaffen, war das kleinere Übel. Als Antje oben in der Baumkrone die Zigarre angezündet hatte, durfte jede der Reihe nach daran ziehen. Endlich durfte ich auch meinen ersten Rauchversuch starten. Allerdings durften wir nur „paffen", der Rauch sollte nicht runtergeschluckt werden. Die Zwillinge kannten das durch ihren Rauchunterricht von Bruder Wilhelm allerdings anders und schluckten geübt den Rauch runter. Die Luft um uns herum sah bald so aus wie Frühnebel über der Ruhr. Bald schon schrie Frieda: „Ich, ich muss ganz schnell hier runter und auf's Klo!" „Ich auch!" schrie die nächste. Genau das war das Problem, ganz schnell und runter. Irgendwie haben wir es alle geschafft, der Reihe nach die Baumbude zu verlassen. Als wir unten angekommen waren, lagen wir auf dem Rücken in der Wiese und schauten uns die Wolken an, bis es uns besser ging und auch der Hintern nicht mehr drückte.

Auf dem Rücken lagen Frieda und Ida auch, als sie auf Papas Taubenschlag, der ca. 50 m entfernt vom Wohnhaus in unserem Gemüsegarten stand, durch die Bodendecke gekracht waren. Sie schlichen dort mit Cousin Jochen rum, obwohl Papa das gar nicht mochte. Denn seine heißgeliebten Tauben könnten dadurch gestört werden. Auf einmal machte es in dem zweistöckigen Tauben-schlag Krach und Bumm, und die Zwillinge waren nacheinander durch die

Decke gesaust. Die Tauben flogen erschrocken durcheinander und gurrten wie verrückt. Jochen sprang mit einem Satz nach vorne und stand wie angetackert mit dem Rücken an der Wand auf ein paar restlichen Holzbrettern der Bodendecke und starrte in das Loch, das plötzlich vor ihm war. „Aua", „ihhh" und „Hilfe," riefen Frieda und Ida erschrocken, denn sie wussten gar nicht, was mit ihnen passiert war. „Habt ihr euch weh getan?" rief Jochen den beiden hinterher. „Ich komme sofort zu euch runter!" Unten angekommen sah Jochen, wie die Zwillinge kreidebleich im Taubenmist mit Federn übersäht auf dem Boden saßen und vor Schreck weinten. „Kommt, ich helfe euch auf," sagte Jochen besorgt. Er musste aber dabei lachen, weil das Bild, was sich ihm bot, einfach nur zum Schießen aussah, und den Mädchen außer einem großen Schrecken nichts passiert war. Nachdem sich die Lage beruhigt hatte, mussten meine Lieben feststellen, dass es drei Opfer zu beklagen gab. Die drei toten Tauben sind von den

Brettern oder den Mädchen erschlagen worden. Das war das Schlimmste an der Geschichte. Papa konnte es nicht fassen und war stinksauer. Er behauptete, die drei Vögel wären seine drei besten Siegertauben gewesen. Daraufhin verlegte er die restlichen überlebenden Tauben zu den anderen Brieftauben, die er über dem alten Kuhstall neben dem Wohnhaus hielt. Das hätte er lieber nicht tun sollen, denn dadurch waren ihre Tage ebenfalls gezählt. An einem Sonntagmorgen, ich befand mich gerade im Zimmer meiner Schwestern, das an den alten Kuhstall angrenzte, um dort zu spielen, fing auf einmal alles an, zu wackeln. Wie von Geisterhand zogen sich Risse in die mir gegenüberliegenden Wand, wo sich auch die Dachgaube befindet, und es sah so aus, als wenn die Wand auf mich stürzen würde. Ich erstarrte vor Schreck. Als ich aus dem Fenster sah, flogen dort Dachpfannen, Balken und Dachlatten vorbei. „Ein Erdbeben", dachte ich und rannte voller Panik aus dem Zimmer, die steile Treppe im

Haus hinunter und nach draußen. Meine Geschwister und Mama waren schon da. Papa kam kreidebleich aus der Dehle und schrie laut: „Die Rinder, die armen Tiere!" Mama fragte entsetzt: „Was ist passiert, was ist los?" Ich stand immer noch wie versteinert auf dem Hof. Frieda sah mich an und sagte zu mir: „Moni, du hast ganz blaue Lippen." Endlich war alles ruhig, nur ein paar Staubwolken lagen noch in der Luft. Das alles passierte innerhalb weniger Minuten. Wilhelm und Papa rannten in die Dehle, wo sich eigentlich der alte Kuhstall anschloss. Doch der war nicht mehr da. Wir folgten den Männern. Vor uns lag ein riesiger Haufen Schutt, aus dem wir vereinzelt ein Muhen hören konnten. „Sie leben noch!" rief Wilhelm. Papa lief los, um einen dicken Vorschlag-hammer zu holen. Der Futtertrog war nach dem Zusammenbruch des Kuhstalls heil geblieben. Vorne hatte er eine Höhe von ca. 50-60 cm, auf die obere Kante des Troges waren die Dachbalken gefallen, so dass ein Hohlraum entstehen konnte. In diesem Hohlraum lagen die Rinder, die vor Schreck nach vorne gesprungen waren. Papa fing an wie verrückt mit dem Hammer ein Loch in den Betontrog zu schlagen. Wilhelm versuchte mit bloßen Händen kaputte Dachpfannen und Schutt wegzuräumen. In dieser Zeit hatte sich die relativ kleine Hoffläche mit Autos gefüllt. Die Nachbarn aus der gegenüberliegenden Langen Straße hatten gesehen, was passiert war. Sie kamen, um uns zu helfen. Selbst unser Grundschuldirektor Daniel war gekommen und packte mit an. Das Loch im Trog wurde langsam größer. Mit einer Flex konnten die Ketten, an denen die Tiere befestigt waren, durchtrennt werden, und nach und nach konnten die recht kleinen Tiere rausgezogen werden. Ihre dünnen Beine zitterten vor Angst. Ein paar Schürfwunden hatten sie auch abbekommen, aber sie lebten. Sie liefen ins Freie und rannten einfach los, egal wohin, Hauptsache weg. Die Rinder waren erlöst, aber für Papas Tauben gab es keine Hilfe mehr. Nicht eine hatte überlebt. Sie

lagen geköpft oder erschlagen unter den Trümmern. Papa rollten die Tränen über die Wangen, als er seine Lieblinge so daliegen sah. Unser Vater war fertig mit der Welt, der konnte nicht mehr. Die Bauern vom Bahrenberg, Wilhelm und verschiedene Helfer fingen die geschockten Rinder ein und brachten sie auf die Wiese oberhalb des Wohnhauses. Das Fundament war durch verschiedene Wasserquellen, die hier und da aus dem Erdreich kamen, unterspült worden. Dadurch kam es zu dem Einsturz. Gut, dass kein Mensch zu Schaden gekommen war, denn unser Vater war kurz zuvor noch bei den Rindern, um sie zu füttern. Es gibt ihn eben doch, den lieben Gott! Die Tauben taten mir wirklich leid, aber mit unserem Vater hatte ich kein Mitleid, wenn ich an unsere Katzen von damals denke. Wie war das noch mit Gottes Mühlen?
Steine, Zement und Fenster wurden von der Baustofffirma Streicher, Omas Verwandtschaft aus Burgaltendorf, besorgt.

Schließlich musste der breite Durchgang von der Dehle zum alten Kuhstall zugemauert werden, da war jetzt nur noch ein großes Loch, was provisorisch mit Folie dichtgemacht wurde. Des Öfteren sahen wir, wenn wir mit dem Auto gegen Geschäftsschluss durch Burgaltendorf fuhren, einen Jungen, der die Geschäftstreppe des Ladens seiner Mutter putzen musste. Wir stellten jedes Mal fest, dass er auch so ein armes Arbeitstier sein musste, wie wir es waren. Mama kannte die Mutter, die Marlis hieß und ihren Sohn Rolf. Unsere Mutter sagte uns dann immer, Rolf sei nicht arm dran, was Frieda Jahre später selber feststellen konnte. Unser Vater war immer noch total geschockt und machte sich über die Zukunft Sorgen. Papa mauerte das große Loch zu. Die Risse in den Wänden, die durch den Zusammenbruch in dem Zimmer der Zwillinge entstanden waren, putzte Papa gleich danach zu. Mama besorgte Tapeten, und wir kleinen Anstreicher tapezierten ab diesem Zeitpunkt das Zimmer, sowie auch

die anderen Räume im Haus selber.
Während der Renovierungs-phase schliefen wir in Ommas altem Zimmer. Das war ein komisches Gefühl, in dem Ehebett zu schlafen, in dem sie verstorben war. Nachdem alles wieder fertig war, zogen die beiden zurück in ihr Zimmer, und ich durfte in Ommas Zimmer bleiben. Auch das wurde direkt neu von uns tapeziert und eingerichtet. Auch Papa ging es wieder besser. Er fing sogar wieder an, auf Wilhelms Vorschlag hin, Brieftauben zu züchten.
Papas Hobby waren die Brieftauben. Unser Bruder hielt sich Stallhasen und Zwerghühner, ich möchte an dieser Stelle noch mal an Wilhelms Rosi erinnern, die ich damals mit in den Kindergarten genommen hatte, und die später in einer Trinkbadewanne für die Rinder ersoffen war. Auch wir Mädchen wollten wieder aktiv werden. Unser Hobby sollte sich auch mit einem Tier beschäftigen, und wie sollte es anders bei Mädchen sein? Ja, genau, wir wünschten uns wieder ein Pony. Mama und

Papa waren dagegen, da wir schon einmal ein Pony hatten. Das Ding war nur, was wir uns in den Kopf gesetzt hatten, wurde natürlich umgesetzt, ob unsere Eltern das für richtig hielten oder nicht, war in so einem Moment zweitrangig. Wir bezahlten „Prinz", so hieß der Wallach, dann eben selber. Wir drei schmissen das Geld, was wir für „Prinz" bezahlen mussten, zusammen, weil wir alle drei Sparbücher besaßen. Gut, er brauchte mehr Futter und Platz als die Viecher, die Wilhelm hatte. Aber da Papa in jungen Jahren selber ein guter Reiter war (er war 1963 Gänsekönig im Reitverein Dumberg) und Pferde immer als stolze und schöne Tiere bewundert hatte, hatte „Prinz" mit seinem weißen Fell und seinen hellblauen Augen leichtes Spiel, um bei ihm landen zu können. Stella und Antje hatten ebenfalls bei ihren Eltern, also Tante Luise, der guten Fee, und Onkel Benno, um ein Pony gebettelt. Mit Erfolg. Tula war eine Stute und hatte ein braun-schwarzes Fell. Das Pony war sehr lieb und gutmütig. Im

Gegensatz zu unserem „Prinz". Er hätte vom Charakter her ein Bruder von unserem ersten Pony „Aki" sein können. Vielleicht nicht ganz so schlimm, aber auch ein richtiger Sauzahn. Blöd für uns, denn unsere Vorstellung sah eher aus wie die liebe Tula. Oder wie der liebe „Buby". Buby war ein Shetland-Pony mit schwarz-weiß geflecktem Fell. Das kleine Pony war vielleicht so liebenswert, weil es eine gute Freundin hatte. Eine Ziege ohne Namen, die genau das gleiche Fell wie ihr bester Freund hatte. Die beiden gehörten der Familie Müller, die ebenfalls auf dem Bahrenberg in der Nachbarschaft von Stella und Antje wohnte. Wir durften uns Buby ab und zu ausleihen und seine Ziegenfreundin gleich mit. Antje und Frieda ritten auf „Tula", Ida und ich auf „Prinz" und Stella auf „Buby". Die Ziege lief auf Schritt und Tritt hinter uns her und meckerte in einer Tour. Manchmal versuchten wir, die Ziege im Wald abzuhängen, weil uns ihr Gemeckere ziemlich auf die Nerven ging, aber die Kleine war verdammt schnell, und wir hatten gegen sie nie eine Chance. Außer, wenn wir Buby schnell genug aus dem Stall bekamen, konnten wir dort die Ziege schon mal abdrängen, einsperren und zu Hause lassen, wo wir sie noch drei Meilen gegen den Wind im Wald schreien und meckern hören konnten. Sie tat mir schon ein bisschen leid, wenn wir sie alleine zurückließen, aber wir brachten ihr ihren Kumpel nach zwei oder drei Stunden wieder zurück. Prinz hatte nie richtig Lust auf unsere Ausflüge und machte uns das Leben schwer, wo er nur konnte. Er raste unter Astgabeln her, mit der Hoffnung, dass wir dort drin hängen blieben. Er galoppierte auch nicht gerne, aber wenn sich ihm die Möglichkeit bot, uns dabei über einer Pfütze abzuwerfen, war er voll dabei. Vom Satteln mal ganz zu schweigen, dann veranstaltete er einen Affenaufstand. Trecker- und Mofa-Geräusche machten ihn total fertig. Dann war er nicht mehr zu halten. Er wurde nervös, tänzelte hin und her und stieg. Danach raste er wie vom

Teufel besessen los, ob die Bahn frei war oder nicht, war ihm egal. Trotz seines schlechten Benehmens hatten wir meistens schöne Nachmittage im Wald, die nicht immer, wie man sich vorstellen kann, ohne blaue Flecken oder Kratzer endeten. Total fertig waren wir, als wir versuchten, Prinz das Springen beizubringen. Wir bauten ein ganz kleines Hindernis auf der Wiese hinter unserer Scheune auf, wo wir sogar ganz bequem selber drüber gesprungen sind, damit wir es unserem Prinz einmal vormachen konnten. Dem Anschein nach hatte das dickköpfige Pony absolut keine Lust, springen zu lernen und verweigerte in einer Tour. Frieda startete einen neuen Versuch und galoppierte mit reichlich Anlauf auf das Hindernis zu. Prinz wollte aber wirklich nicht, bockte, sprang zur Seite und schmiss Frieda ab, die (oh mein Gott!) mit dem Fuß im Steigbügel hängen blieb. Wie ein Stuntman wurde Frieda auf dem Rücken von diesem bescheuerten Pony in vollem Galopp über die Wiese hinterher geschleift. Frieda bekam einfach nicht ihren Fuß aus dem Steigbügel. Wir wussten gar nicht, was wir so schnell machen sollten und wie wir unserer Schwester helfen konnten. Aufgeregt rannten wir dem durchgeknallten Tier entgegen und riefen mit hochgehaltenen Händen: „Steh!" und „ganz ruhig!", um ihn irgendwie zum Anhalten zu bewegen. Der Fuß löste sich, und Frieda blieb auf der Wiese liegen. Sie schnappte nach Luft und konnte gar nicht richtig sprechen. Sie hielt sich ihren Bauch und die Seite. Hatte sie sich etwas gebrochen oder innere Verletzungen? Sollten wir mit ihr zu Dr. Frankenberg fahren? Wir wussten es nicht. Sie wollte einfach erstmal ihre Ruhe haben. Der Springunterricht hatte sich für's erste erledigt. Frieda erholte sich langsam wieder und war stinksauer auf Prinz. Wir hatten gehofft, dass wir durch dieses Pony eine bisschen Abwechslung in unseren arbeitsreichen Alltag bekommen würden, aber es machte immer weniger Spaß, sich mit diesem verfressenen, frechen Vierbeiner zu beschäftigen.

Wilhelm musste die Kühe gegen Abend von der Wiese reinholen, damit sie gemolken werden konnten. Leider musste er dafür bis ans Ende der Wiese oder die ganze steile Wiese bis oben den Berg hochlaufen. Das war lästig. Unser Bruder dachte, er könnte Prinz für diesen Arbeitsgang wie ein Cowboy nutzen, und die Herde mit seiner Hilfe schwubdiwup zusammentreiben. Die Idee war nicht schlecht, das Problem war nur, selbst die Kühe mochten das weiße Pony nicht. Als sie Wilhelm auf Prinz auf ihrer Wiese entdeckten, raste die komplette Kuhherde mit wild schaukelnden Eutern, hoch stehendem Schwanz laut muhend auf die beiden zu und attackierte sie mit Bissen in Beine und Po. Prinz wieherte vor Schmerz. Wilhelm wusste gar nicht, was überhaupt los war und trieb Prinz zum Rückzug an. So schnell hatte ich das faule Pony noch nie laufen sehen. Es drehte freiwillig um, und raste Richtung Hof. Unser Bruder hielt sich gut auf Prinz, und die Kühe waren gut an beiden dran. Erst als die gefleckten Milchkühe sahen, dass das Pony die Wiese verlassen hatte, gaben sie Ruhe. Wie im wilden Westen sah diese Aktion aus. Wir haben uns schiefgelacht, ein Bild für die Götter. Nur leider mussten wir feststellen, dass wir Prinz selbst für solche Einsätze nicht gebrauchen konnten.

Unser Zelt-Dorf mit Lagerfeuer in der Mitte, das wir neben unserem Gemüsegarten aufgeschlagen hatten, war in den Ferien das coolste überhaupt. Das hatte was von Wildnis und Freiheit. Heike und Wilhelm zelteten auch mit, obwohl es bei dem jungen Paar ganz schön am Krieseln war. Der coole Peter zeltete ebenfalls mit, aber alleine, ohne Freundin. Heike und Wilhelm störten Peter nicht, die waren zu sehr mit sich und ihren Problemen beschäftigt. Peter schien es ebenfalls nichts auszumachen. Ganz im Gegenteil, er erzählte abends am Lagerfeuer Geschichten von „Big Foot", der in den Wäldern von Niederwenigern sein Unwesen trieb, Kinder und junge Teenager, vor allem Mädchen, am Lagerfeuer zum Fressen gern hatte. Wir fanden seine Geschichten eher amüsant, hatten überhaupt keine Angst. Nicht einmal eine Gänsehaut. Der Einzige, der so einen Unfug glaubte, war Peter selbst. Bei jedem kleinen Geräusch zuckte er zusammen und griff sofort nach seinem selbstgebauten Schako, das er neben sich liegen hatte. Als weiteres Mittel zur Abwehr gegen Big Food hatte er noch eine Sprühdose Tränengas im Sortiment und natürlich seine stahlharten Puddingarme, vor denen man schon beim Anblick weiche Knie bekam. Wir hatten oft vor Lachen die Tränen in den Augen stehen, weil Peter wie verrückt in jedes Zelt sprang, um nachzuschauen, ob es auch wirklich leer war. Wir erzählten Papa von Peter und seiner Angst vor dem Kinderfressenden Big Foot. Papa hatte eine super Idee, er wollte dem coolen Peter mal zeigen, was Big Foot alles kann. Natürlich warnten wir Papa, dass Peter ein Chaku und Tränengas dabeihatte. Außer Peter wussten alle bescheid. Als wir am Abend am Feuer saßen, hörten wir sehr laute Schritte und ein lautes Hecheln. Ketten rasselten, es war soweit. Papa hatte sich ein weißes Bettlacken übergeworfen und mit einer Kette rasselte er hin und her. Peter sprang erschrocken auf und griff dabei nach seinem Schako. „Habt ihr das auch gehört?" fragte er uns mit zitternder Stimme. „Nö", antworteten wir und schrien sofort danach: „Da, Peter, es wird uns alle fressen!" Breitbeinig, in gebückter Haltung schwang sich Peter auf „Big Papa" zu, seinen Chaku hielt er fest in seinen Händen. Papa hielt sich im Gebüsch etwas zurück. Plötzlich sprang Peter mit einem großen Satz auf das schimmernde Weiße und rief uns zu: „Tränengas, bringt das Tränengas!" Ich machte mir um Papa Sorgen, da Peter einen sehr hohen Adrenalinspiegel hatte und eben seinen Chaku. Doch „Big Papa" wendete das Blatt und schmiss sich auf Peter, der schrie wie ein Schwein, das man zur Schlachtbank bringt. „So", sagte Papa zu Peter, als er sich zu erkennen gab, damit dieser keine Herzattacke erlitt. „Wenn du dich wieder beruhigt hast, lass ich dich langsam los, o. k?" „Ja", sagte Peter, irgendwie erleichtert und war froh, dass Papa sich zu erkennen gegeben hatte. Später, am Feuer, lachte er sogar mit uns über seinen mutigen Einsatz, und Big Foot gab es dann auch Gott sei Dank für ihn nicht mehr. Nun konnten wir uns ganz entspannt wichtigeren Themen am Feuer widmen, z.B. wo wir nachts am besten Klingelmännchen machen konnten oder wer mit wem in einer Gruppe lief. Jochens Cousin Holger hatte da immer gute Ideen und wusste wie, was und wo in die Tat umgesetzt werden konnte. Schnitzeljagden in der Nacht wurden meistens auch von ihm organisiert, die dann oben im Wald stattgefunden haben. Papas Freund und Jäger Dieter fand das nicht so toll, weil wir ihn einmal um die Chance gebracht haben, in den Morgenstunden einen Rehbock, den er bereits im Visier hatte, zu schießen. Quatschend, mit Taschenlampen bestückt, liefen wir durch sein auf dem Gewehr sitzendes Fernglas, verscheuchten dadurch unbewusst den Bock und verlängerten ihm sein Leben. Irgendwann trat die Müdigkeit ein. Wir gingen in unsere Zelte und schliefen bis zum Mittag. Außer Sonntagmorgens, da war nix mit ausschlafen. Mama bestand darauf, dass wir um 8 Uhr 30 mit ihr in die Kirche gingen. Ob Ferien waren oder Zelten mit wenig Schlaf, was sie nicht unbedingt wusste, egal, wir mussten mit, und wenn sie uns dafür mit den Füßen zuerst aus dem Zelt ziehen musste. Bei Frieda, Ida und mir gab es keine Diskussion, wir mussten mit. Bei den anderen war es ihr egal, die durften schlafen. Bei schlechtem Wetter spielten wir nachts in Mamas Küche Karten. „Mau Mau" und „Knack 31" um Geld. Der Einsatz betrug 30 Pfennig. Mike bekam manchmal Wutanfälle, weil er gesehen hatte, wie meine Geschwister unter dem Tisch die Karten tauschten, nur keiner glaubte ihm. Er beschimpfte sie dann immer mit den Worten „Judasse, ihr Verräter." Natürlich hatte er

Recht, was mein Bruder oder meine Schwestern abstritten. Wir konnten ihn oftmals nur beruhigen, indem Holger und Jochen mit Holgers Moped zu Bäcker Pieper gefahren sind, um die noch warmen Brötchen zu holen. Die verspeisten wir dann mit selbst gemachtem Brombeergelee in aller Ruhe zum Frühstück. Brombeeren pflücken und daraus Gelee machen war eine Selbstverständlichkeit und gehörte mit zu einer unserer Traditionen. Tagsüber fuhren wir, wenn es an der Reihe war, Heu ein. Im Garten musste das Unkraut gezupft werden oder im Haus wurde geputzt. Langeweile kannten wir nicht. Papa versprach uns jedes Jahr, weil wir alle so fleißig bei der Heuernte geholfen hatten, mit uns ins Gruga-Bad schwimmen zu gehen. Da waren wir bis heute noch nicht und wird auch nicht mehr passieren. Manchmal hatte ich richtige Sorgen, nicht wegen dem „nicht Schwimmen gehen", sondern weil Papa schon mal negativ redete. Die ganze Arbeit würde sich sowieso nicht lohnen, weil die Ernte nicht reichte, weil die Fleischpreise für Schweine und Rinder zu schlecht sein, weil die Betriebskosten zu hoch sein und, weil uns die gepachteten Wiesen bald auch nicht mehr zur Verfügung stehen würden. Dann könnten wir direkt den Hof zu machen. Angst hatten wir bekommen, als er zwischendurch sagte, er würde sich lieber erschießen oder aufhängen, bevor alles den Bach runtergehen würde. Ich konnte nachts nicht schlafen, weil ich über seine Äußerungen grübeln musste. Machte er seine Andeutung wahr oder wollte er nur seine Zukunftsängste loswerden? Irgendwann nahmen wir seine Äußerungen nicht mehr ernst und machten sogar makabererweise Witze über sein Gerede. Da hatte ich auch manchmal ein schlechtes Gewissen wegen der Witze und so. Er war schließlich unser Vater, der Sorgen hatte. Meistens war er aber gut drauf, hat viele Späße mitgemacht, viel gelacht und hat uns allen viel durchgehen lassen. Unsere Eltern waren sehr tolerant, was wir alle ihnen

immer hoch anrechneten. Wir lernten schnell nach dem Motto „friss oder stirb". Genau wie in der Schule, da sah ich über viele Ungerechtigkeiten seitens meines Klassenlehrers einfach hinweg und machte mich lieber lustig über sein doofes Benehmen. Und ich hatte sogar noch mit meinen Klassenkameraden, die einfach super waren, viel Spaß dabei.
Wilhelm und Heike hatten keinen Spaß mehr zusammen, sie trennten sich nach einem Jahr. Schade für die beiden, dass sie ihre Probleme nicht lösen konnten, aber wer weiß, wofür es gut war. Es stehen genug Blumen auf dem Felde, die nur darauf warten, gepflückt zu werden. Angela ist das Mädchen, das 1967 mit meinen „Geschwistern fürchterlich" am 14. August geboren wurde. Die drei lagen damals zusammen im Kinderzimmer für Neugeborene in Niederwenigern und sie konnten damals noch nicht ahnen, dass sie ein Vierteljahrhundert später Schwägerinnen sein würden. Denn genau

diese Angela von damals war so eine Blume. Sie besuchte mit ihrer damaligen Freundin Ute deren Oma. Die Oma wohnte unten im Haus, wo früher Johann mit seinen Hühnern gewohnt hatte. Johann war irgendwann verstorben, was ich gar nicht richtig mitbekommen hatte. Onkel Herbert sorgte dafür, dass seine Eltern nach Johanns Tod in das Haus einziehen konnten. Ute und Angela wohnten beide in Burgaltendorf, genau wie Angelas Bruder Steffen, der später unsere Ida recht interessant fand. Die Mädchen fuhren sogar mit dem Linienbus nach Niederwenigern, um dort ihre Oma oder den Rest von Utes Verwandtschaft, Onkel Herbert, Tante Inge oder ihre Cousins Reinhard, Rudi und Jochen besuchen zu können. Durch diese Besuche bei der Oma und der Verwandtschaft, hatten Wilhelm und Angela die ersten unbewussten Begegnungen. Mit dem Pflücken der Blume ließ Wilhelm sich allerdings noch ein paar Jahre Zeit, weil er erst kapieren musste, dass Angela genau seine Blume war. Wie oft wird gesagt: „Die Welt ist aber auch klein," das kann ich nur bestätigen. Aufgrund der Verknüpfungen durch Freundschaften, und Verwandtschaft, dadurch dass wir in einem Dorf wohnten und durch absolute Zufälle. Genauso, wie die Tatsache, dass mir plötzlich unsere Kirche oder der Sportplatz nicht mehr so riesengroß erschienen. Alles hatte plötzlich völlig andere Dimensionen. Die Tatsache, dass wir älter geworden waren, spiegelte sich auch darin wider, dass wir keinen Aufpasser mehr brauchten, wenn unsere Eltern am Abend weg gingen. Diese Aufgabe hatte früher „unser Omma" übernommen, aber das hatte sich ja erledigt. Mama und Papa trafen sich mit ihren Leuten aus dem Klübchen, um irgendeinen Geburtstag zu feiern oder mit Papas Kollegen aus dem Brieftaubenverein und dessen Frauen. Eines Abends lernten unsere Eltern die Eheleute Staten kennen, die bei Papas Cousin Jupp und dessen Frau Ulla eine Topfvorführung gaben. Mama buchte die nächste Vorführung mit den Statens bei uns

Zuhause, die wir Kinder auch mitverfolgen durften und noch eine Vorführung und noch eine. Irgendwann duzten sich unsere Eltern mit den Statens, und es entwickelte sich eine langjährige Freundschaft. Dadurch lernten wir auch die Kinder der Statens kennen, die ein bisschen älter waren als wir. Ein Junge, Michi, und dessen Freundin Birgit und die Tochter Heidi samt Freund Kersten. Die Statens kamen jeden Tag zu uns. Sogar ihre beiden Dackel, Susi und Tapsi, fühlten sich bei uns wohl. Heidi und Kersten kamen jeden Tag mit Kerstens 80iger zu uns. Michi, der schon seinen Führerschein hatte, kam nicht unbedingt jeden Tag mit Birgit in seinem weißen VW Käfer zu uns, aber trotzdem mehrmals in der Woche. Wir feierten zünftig alle Geburtstage zusammen, arbeiteten im Garten oder bei der Heu- und Strohernte. Wir spielten verschiedene Brettspiele oder Kartenspiele bei schlechtem Wetter. Fußball und Zelten waren ein Muss, und im Freibad Bochum-Linden konnten wir richtig relaxen. Es war toll, wieder neue

Gesichter auf dem Hof zu sehen. Leider wollte meine immer noch beste Freundin Meter nichts mitmachen. Ich sollte, wie eh und je, zu ihr runterkommen. Eines Tages fragte ich sie, ob sie nicht auch mal zum Hof hochkommen wollte, da neue Gesichter für Abwechslung sorgten. Ich hätte es schön gefunden, wenn Meter zu uns hochgekommen wäre, und wir alle zusammen etwas gespielt oder unternommen hätten. Was sie auf gar keinen Fall wollte. Ich verstand nicht warum und wollte den Grund ihrer Ablehnung wissen. Sie schwieg. Ich bat sie, mir zu erklären, was los sei. Sie sollte mir nur einen triftigen Grund nennen oder irgendeine verständliche Erklärung geben. Sie schwieg. Ich war sauer, nein, enttäuscht. Ich konnte mir ihre Haltung einfach nicht erklären und reagierte trotzig und dickköpfig mit der Bedingung, dass ich erst wieder zu ihr hinunterkommen würde, wenn sie sich einmal oben bei mir sehen lassen würde. Ich musste geschockt feststellen, dass sie wirklich nicht kam. Sie rief mich noch einmal an und fragte mich, ob ich zu ihr herunterkommen würde. Ich sagte „Nein". Das war es mit unserer Freundschaft und meiner zweiten sehr wichtigen Familie. Die hatte ich gleichzeitig durch mein dickköpfiges Verhalten mit auf's Spiel gesetzt. Tante Gina fragte mich ein paar Jahre später, als wir schon erwachsen waren, ob ich wüsste, warum Meter sich damals so verhalten hätte. „Nein," sagte ich immer noch fragend. „Sie hatte Angst vor Frieda und Ida," gab mir Tante Gina endlich zur Antwort. Ich war geschockt. Ich konnte es nicht glauben. Ich hätte mit allem gerechnet, aber dass meine Schwestern der Grund waren, da wäre ich von alleine nie draufgekommen. Das hätten wir regeln können, ich hätte Verständnis für ihre Situation gehabt und wäre ihr auch nicht böse gewesen. Nun war es zu spät. Von diesem Tag an bekam der Satz „Nur sprechenden Menschen kann geholfen werden" eine völlig andere Bedeutung. Ich wusste, so etwas darf mir nie wieder

passieren, da ich eine Freundin wie Meter nie wieder gefunden hatte. Auch, wenn durch die neuen Gesichter wieder Abwechslung in unseren Alltag kam, Meter und ihre Familie fehlten mir sehr. Ich brauchte Zeit, um mich an die neue Situation zu gewöhnen.
Richard Staten war ein nervöser Typ Mensch. Er warf sich immer irgendwelche Tabletten ein, weil er ständig ein Wehwehchen hatte. Zu seinen weiteren Hobbys gehörten telefonieren und organisieren. Auf diesem Gebiet war er ein Meister. Durch seine unruhige, nervöse Art und dadurch, dass er fabelhaft dramatisieren konnte, nannten wir ihn meistens "Katastrophen Richard". Unser Onkel Günter vom Rhein, mit Frau Katrin und ihren drei Kindern, war ein ähnlicher Typ Mensch. Nur Onkel Günter war schlanker als Richard. Richard war dick, das betonte er noch wunderbar, indem er seine Cordhose über seinen dicken Bauch bis unter die Achseln hochzog. Vom Wesen waren die beiden

Männer sich sehr ähnlich. Durch unsere vielen Feste lernten die beiden sich kennen und mögen. Ein Besuch am Rhein war unausweichlich. Eines Sonntags war es soweit, Mama freute sich, ihren Bruder mal wieder zu sehen. Richard und Erika, so hieß Frau Staten, stellten ihren grünen Mercedes für die Fahrt zur Verfügung, da Mamas „Gurke" nicht unbedingt für lange Strecken tauglich war. Mama, Papa und wir drei Mädels hinein in den Mercedes und los ging es. Wilhelm wollte nicht mit. Der Wagen lag mit sieben Insassen auch ohne Wilhelm gut auf der Straße und zog noch verhältnismäßig gut, was Richard richtig stolz machte. „Guck mal, wie gut der alte Wagen noch läuft," sagte er. Plötzlich wurde es hell und teuer. Sie hatten uns geblitzt. Nachdem Richard brav bezahlt hatte, fuhren wir weiter. Wir wollten schließlich pünktlich zum Kaffee bei unseren Verwandten eintreffen. Außerdem war es recht eng in dem Wagen. Nach sieben Stunden Fahrt landeten wir gegen Abend beim WDR in

Köln. Das Kaffeetrinken hatten wir schon mal verpasst. Freundlicherweise durften wir aus dem Gebäude des WDR Onkel Günter anrufen und ihm beichten, dass wir uns total verfahren hatten. Gleichzeitig baten wir ihn, uns von dort aus abzuholen, was er auch tat, und wir fuhren hinter ihm her, bis wir bei ihm zu Hause waren. Gegen 20 Uhr tranken wir Kaffee und aßen Tante Katrins selbst gebackenen Kuchen, die darüber stinksauer war. Wir unterhielten uns derweilen über unsere Fahrtroute, die Onkel Günter absolut nicht nachvollziehen konnte. Wir aßen zügig auf und fuhren dann sofort wieder ab, damit wir noch vor Mitternacht zu Hause sein konnten. Es gibt Menschen, die in der gleichen Zeit quer durch Deutschland fahren und mit Sicherheit auch nicht wie die Sardinen in der Dose im Auto sitzen. Schlecht gelaunt war aber keiner, ganz im Gegenteil, wir hatten sogar richtig Spaß während der Fahrt, eben weil wir uns total verfranzt hatten.

Richard war auch der, der dafür sorgte, dass Penny ihr neues Zuhause bei uns fand, da ihre Besitzer sie loswerden wollten. Penny war ein schwarzer Kurzhaardackel mit braunen Pfötchen und braunen Ohrspitzen. Papa hatte das Tierchen einmal gesehen, auch durch Richard, und war hin und weg. Richard berichtete eines Abends, dass die Besitzer des Hundes ihn sofort abgeben wollten. Daraufhin sagte Papa: „Los Richard, ruf dort an, dass wir jetzt kommen und den Hund abholen!" Bevor Mama etwas sagen konnte, hatte Richard telefoniert, und sie sah nur noch die Rücklichter von Richards Mercedes. Sie wollte eigentlich nur mitteilen, dass sie gar keinen Hund im Haus haben wollte. Zu spät, eine Stunde später kam Papa mit Penny unterm Arm in die Küche und strahlte wie ein Honigkuchenpferd. Mama und ich saßen auf der Couch. Penny setzte sich sofort neben uns und sah uns mit ihren großen braunen Augen an. Von da an waren wir unzertrennlich und auch Mamas Herz hatte sie erobert. Der Hund lebte sich gut bei uns ein und stand sehr schnell im Mittelpunkt der Familie, was Papa ziemlich auf den Keks ging. Er vertrat immer die Meinung, man muss gut zu Tieren sein, aber „ein Hund muss ein Hund bleiben". Wenn sie krank war, wurde sie wie ein Kind von Mama versorgt und alle mussten Penny bedauern, eher hätte sie auch nicht aufgehört wie ein Wolf zu jaulen. Sie lag am Abend auf Mamas Schoß und ließ sich die Öhrchen kraulen. Tagsüber kaute sie Kaugummi und vergrub diesen im Garten oder schaute sich bellend Dr. Grzimeks „Im Reich der wilden Tiere" an. In der Küche saß sie wie ein Erdmännchen auf ihrem Hintern und verfolgte jedes Gespräch aufmerksam von der Eckbank aus mit Belleinlagen, als wenn sie jedes Wort verstehen würde. Mama bewies einen Abend, dass sie den Hund und ihr Auto über alles liebte. Wilhelm hatte einen Toast in den Toaster gesteckt, der hängengeblieben war, dadurch konnte die Mechanik des Toasters nicht reagieren und das Toast verkokelte. Irgendwann war die Küche total verqualmt, denn weil unser Bruder vom Fernsehgucken abgelenkt war, hatte er das Toastbrot vergessen. Als die Rauchschwaden von der Küche ins Wohnzimmer gezogen kamen, dachten wir, die Bude brennt. Mama reagierte sofort, hastig zog sie ihren Mantel an, schnappte sich ihren Autoschlüssel, den Hund unter den Arm und stand dann wartend draußen auf dem Hof. Papa und wir vier Kinder waren noch im Haus und suchten verzweifelt nach der Brandursache. War es die Deckenlampe oder der Herd? „Verdammt noch mal," sagte Papa „dat kann doch nicht wahr sein, irgendwo muss der Qualm doch herkommen!" Als der Rauch langsam durch das geöffnete Fenster und durch den Flur nach draußen abzog, erkannten wir hustend, dass der Toaster am Qualmen war. „Ach, Mensch" sagte Wilhelm, „mein Toast, jetzt ist er kohlrabenschwarz." „Mama, kannst wieder reinkommen!" riefen wir laut nach draußen, weil Mama immer noch mit Penny unter dem Arm auf dem Hof stand. „Mensch,

Wilhelm", das musste ja wohl nicht sein", sagten wir erleichtert vor Schreck. Auch Mama und der Hund waren froh, dass sie sich wieder im Wohnzimmer auf dem Sofa breit machen konnten. Papa zog Mama noch wegen ihrer tollkühnen Rettungsaktion auf, da dem Hund und dem Autoschlüssel auf keinen Fall etwas hätte passieren dürfen. Mama sah das völlig anders und meinte, wir hätten ihr ja folgen können. Das war ganz was Neues, denn wenn wir einmal in der Woche nach Hattingen zum Einkaufen gefahren sind und die Einkaufstüten schleppen mussten, durften wir ihr nie in den Drogerie-Markt folgen. Mama sagte immer zu uns: „Wartet bitte hier vor der Tür, ich bin sofort wieder da. Ich brauche nur eine Kleinigkeit." Wilhelm sagte dann immer, wenn Mama in dem Laden verschwunden war: „Oh Mann, jetzt geht sie wieder Pariser kaufen, als wenn wir noch so klein wären und das nicht kapieren würden." Mit einem „Jo" bestätigten wir drei Wilhelms Aussage, und wir vier mussten sofort lachen. Dank des Biologie-Unterrichts in der Schule waren wir natürlich aufgeklärt und wussten Bescheid. Mit unseren Eltern wurde über die Themen Sexualität und Aufklärung zuhause nie gesprochen. Mama und Papa hatten wir auch nie nackend gesehen, so etwas gab es nicht. Jeder sah zu, dass er auf jeden Fall immer etwas anhatte. Papa hämmerte uns immer wieder ein, dass wir bloß die Finger von den Drogen lassen sollten. Das war ein Thema, das ihm am Herzen lag. Darüber hielt er uns oft Vorträge, was völlig richtig war. Allerdings sollten wir auch den Kontakt zu Menschen meiden, die tätowiert waren. Das waren in Papas Augen alles „Haschisch-Brüder" und Taugenichtse. Was ich nicht so bestätigen konnte. Er war eben ein Landei, sehr konservativ und hatte Angst, dass wir auf die schiefe Bahn geraten könnten. Das war unter anderem ein Grund, weshalb wir immer Freunde mit zum Hof bringen sollten. Ein zweiter Grund war auch, dass unsere Eltern nun mal gerne junges Volk um sich herum hatten. So konnten sie sich auch schnell ein Bild von den Leuten machen, mit denen wir verkehrten. Meine Klassenkameradin und Tischnachbarin Ela war ein gern gesehener Gast. Papa kannte Elas Mutter und Oma von früher aus dem Dorf. Ela war im Gegensatz zu mir ein ruhiges, zurückhaltendes Mädchen, das aber trotzdem viel lachte und Gott sei Dank meinen Humor mochte. Wir verabredeten uns für den Nachmittag und gingen in mein Zimmer. Ela war bestimmt einen Kopf größer als ich, dadurch konnte sie bequem die Sachen erreichen, die in dem Regal standen, was an der Wand hing. Sie schaute sich alles an und fragte mich, ob etwas in dem runden Keramiktopf mit Deckel sei. „Ja," sagte ich, da ist etwas drin. Das musst du aber nicht wissen und schon gar nicht sehen." Neugierig schaute sie mich an. „Und ob ich das sehen möchte," sagte sie und nahm gleichzeitig den Deckel des Keramiktöpfchens ab. Sie staunte nicht schlecht, als sie den Inhalt erkannte und ließ erschrocken den Deckel aus ihrer Hand fallen. „Iiiiii, du bist eine alte Sau, Moni!" schrie sie mich an. „Da ist ein Gebiss in dem Töpfchen, wem gehört das denn?" Ich antwortete ihr lachend: „Ich habe dir gleich gesagt, dass du das nicht sehen möchtest. Außerdem müsstest du fragen, wem es gehörte. „Unser Omma" ist nämlich schon seit ein paar Jahren tot, und ihr gehörte das Gebiss. Es war noch fast neu als sie verstarb, gerade erst eingekaut, und da wäre es eine Schande gewesen, das Gebiss wegzuwerfen. Wer weiß, wofür man oder wer es noch gebrauchen kann?" „Na toll," sagte Ela, immer noch doof aus der Wäsche guckend, aber lachend. „Vielleicht sollten wir uns das nächste Mal bei mir treffen?" „O.K., können wir auch mal machen. Am besten, wenn es auf den Herbst oder Winter zugeht, dann habe ich nicht ganz so viel Arbeit, weil dann die Garten- und Erntearbeiten wegfallen." Die Hausarbeit erwähnte ich gar nicht, die musste selbstverständlich sowieso jeden Tag erledigt werden und war schon in Fleisch und Blut übergegangen. Das Wetter wurde schlechter, Ela und ich hatten einen Tag gefunden, an dem wir uns bei ihr Zuhause verabredeten. Sie hatte wirklich ein hübsch eingerichtetes Zimmer, und, ich konnte es kaum glauben, mit einem C64! Niemand aus unserer Familie oder im Freundeskreis besaß einen Computer. Das war so ziemlich das Neueste, was es auf dem Markt gab. Eine volle Box mit Floppi-Discs, auf denen die verschiedenen Spiele waren, stand daneben auf dem Tisch. Eine Schulkameradin gesellte sich oftmals dazu. „Summergames", „Wintergames" und „Frogger" waren im Laufe der Zeit unsere Lieblingsspiele geworden. Jochens Cousin Holger hatte eines Jahres zu Weihnachten eine Spielekonsole bekommen, wo man auch verschiedene Sportarten spielen konnte, aber das war mittlerweile ein Dreck gegen Elas C64. Apropos Weihnachten, da es zu Weihnachten kein großes Familientreffen mehr gab, weil es keine Omma mehr gab, konnte jede Familie Heiligabend und die Feiertage alleine feiern. Mama hatte wie immer eine tolle Idee. Sie bestellte im Dorf beim Bäcker Halten für den 24. einen wirklich großen Stutenmann. Der Kerl war genauso groß wie unser Küchentisch. Nachdem wir alles geschrubbt hatten, in der Wanne waren, den Tisch gedeckt und die Klamotten für "Gut" anhatten, musste nur noch der Kaffee gekocht werden. Endlich wurde der Stutenmann angeschnitten. Der Kaffeeduft lag in der Luft, auf den Tellern lag mal ein Stück Arm oder Bein, und wir ließen uns den Kerl mit guter deutscher Markenbutter schmecken. Außer Papa, der war noch mit dem Ausmisten der Schweineställe beschäftigt. Nachdem wir gesättigt waren, fuhren wir zur Kirche. Mama hatte damit zwei Fliegen mit einer Klappe geschlagen. Sie brauchte kein Mittagessen kochen, da es am Abend sowieso etwas Warmes, Festliches gab, und wir waren satt. Dieses Ritual ist sehr gemütlich und einfach lecker. Deshalb ist das „Stutenmann-essen" in eine unserer wertvollen Traditionen übergegangen und darf an Weihnachten auf gar keinen Fall fehlen. Gutes oder besonderes Essen ist für mich damals wie auch heute noch äußerst wichtig, da ich sehr gerne esse. Nur, es sollte nicht unbedingt gesund sein. Obst und Gemüse, bis auf wenige Ausnahmen sind für mich nie notwendig gewesen. Schlafen hingegen ist für mich unbedingt von Nöten, da ich gar nicht gut auf Schlaf verzichten kann. In meinem eigenen Zimmer ging das vorzüglich. Vor allem konnte ich dort vor dem Einschlafen so lange das Licht brennen lassen, wie ich wollte, um in aller Ruhe meine Donald Duck- und Micky Maus-Hefte oder Bücher lesen zu können. Wenn wir einen richtig kalten Winter hatten, waren unsere Schlafzimmer oftmals so kalt, dass sich sogar Eisblumen an den Fenstern bildeten. Extreme Situationen erfordern eben extreme Handlungen. Man muss sich nur zu helfen wissen, also zog ich mir Handschuhe und Mütze im Bett an, damit ich lesen konnte und die Hände und Ohren dabei nicht so auskühlten. Meine

Geschwister lasen nicht vor dem Einschlafen, die verkrümelten sich sofort unter die Bettdecke und machten alles dicht, damit keine Kälte unter die Bettdecke kriechen konnte. Die Zwillinge waren keine Leseratten, aber dafür die absoluten Streber. Ihre Zeugnisse bestanden nur aus Einsern und Zweiern, und unterschieden sich nur durch ihre Vornamen. Hatte eine von beiden eine schlechtere Zensur geschrieben als die andere, büffelten sie so lange, bis alles wieder ausgeglichen war und auf dem Zeugnis die gleiche Zensur stand. Wilhelm hatte ich auch nie mit einem Krimi oder einer anderen Lektüre gesehen. Das Einzige, was er sich durchlas, waren Berichte oder Werbung über Haarwuchsmittel. Er liebte sein leicht gewelltes Haar, was an der Stirn immer dünner wurde und ausfiel. Er litt sehr unter seinem Haarverlust und besuchte sogar einen Arzt, um sich Rat zu holen. Brachte aber alles nichts. Die Haare fielen aus. Nachdem wir Wilhelm überredet hatten, eine Dauerwelle zu machen, um den restlichen Haaren mehr Volumen zu geben, willigte er hoffnungsvoll ein. Erika Staten bot sich an, Hand an ihn zu legen, da sie das nötige Equipment dafür besaß und auch ihrer Mutter schon oft eine Dauerwelle verpasst hatte. Er war mit dem Ergebnis zufrieden, nur seine Haare anscheinend nicht. Sie verließen noch schneller als vorher seinen Kopf. Hopfen und Malz war verloren. Er musste sich damit abfinden, dass seine Haarpracht für immer weg war. Was soll es, für mich blieb er mein "großer", gutaussehender Bruder und für ihn war es bald auch egal. Denn nach seiner bestandenen Gesellenprüfung bekam er seine Einberufung, und bald darauf musste er seine restlichen, rappelkurzen Haare unter einem Stahlhelm verschwinden lassen. Frieda, Ida und Antje mussten ihr letztes Schuljahr in Hattingen absolvieren und jeden Tag mit dem Linienbus fahren. Sie waren schon fleißig damit beschäftigt, Bewerbungen zu schreiben. Stella hatte schon eine Ausbildung in Essen zur

Einzelhandelskauffrau begonnen. Ich war damit beschäftigt, auf den Partys, die Holger organisiert hatte, die Sau raus zu lassen. Gefeiert wurde z.B. ein Sommerfest, bei dem Holger auf der Toilette die Fliegenfänger so niedrig aufgehangen hatte, dass das nächste gut geschminkte Mädchen, was mal musste, diese quer im Gesicht hängen hatte. Oder Geburtstage oder Silvester oder schönes Wetter, egal, Hauptsache, Holger konnte seine Leute aus Burgaltendorf in den Partyschuppen einladen. Der Partyschuppen befand sich unten am Haus, wo früher Johann lebte. Vor allem konnte Holger seiner neuen großen Liebe, Petra, die er auf der Wennischen Kirmes bei uns im Dorf kennengelernt hatte, zeigen, was er für ein toller Partyplaner/-Manager war. Papa war das gar nicht Recht, dass wir auf Partys oder sogar in eine Disco gingen, er hatte Angst, wir könnten einen Jungen kennenlernen und anschleppen. Am liebsten wäre er ein Mäuschen gewesen und hätte mitgefeiert. Aber er hatte nicht ganz Unrecht, ich konnte mich der Männerwelt nicht mehr entziehen und lernte meinen ersten Freund dort kennen. Günter hieß das Exemplar, das nun auch jeden Tag zum Hof kam. Er besaß schon einen Autoführerschein und war ein paar Jahre älter als ich. Ida hatte auch einen Jungen kennengelernt, aber der brauchte nur zweimal zum Hof kommen, da hatte Ida die Faxen schon dicke, weil der so stürmisch war. Heidi Staten hatte allem Anschein nach auch keine Lust mehr auf ihren Kersten. Sie fand unseren Jochen auf einmal recht anziehend, und da ihr Kersten im Sauerland eine Dachdeckerschule besuchte, störte er auch kaum, wenn sie sich mit Jochen beschäftigte. Das konnte natürlich nicht gutgehen. Jochen bestand auf klare Verhältnisse. Fremdgehen war für ihn nur kurze Zeit zu akzeptieren und Heidi sollte sich endscheiden. Kersten war bis auf's Mark getroffen als er erfuhr, dass seine Heidi ihn betrogen hatte und mit ihm Schluss machte. Er konnte es nicht verstehen und redete mit den Zwillingen in einer Tour über sein Herz, seinen Schmerz und seine gekränkte Eitelkeit. Das Ganze ging mir tierisch auf den Keks. Ich konnte noch nicht mal mehr in Ruhe Fernsehgucken. Irgendwann hat er es dann doch kapiert und ward bei uns nicht mehr gesehen.

Roy hingegen war da eher recht strebsam, wie seine Cousins und Cousine hatte er eine Ausbildung als Karosseriebauer in Welper begonnen. Mit seiner Flatsch neuen Mofa, einer roten Zündapp, konnte er bequem von Witten aus seinen Ausbildungsplatz erreichen. Seine andere Oma und Eltern hatten das Mofa gesponsert, damit er flexibel und selbständiger werden konnte. Freitags ist er von Witten mit seinem Mofa bis zu uns auf den Hof gefahren gekommen und blieb bis Sonntagnachmittag. Dadurch konnte er alle Wege selber erledigen und seine Eltern brauchten ihn nicht mehr fahren. Allerdings musste er schon lange nicht mehr in den Kofferraum, aber deswegen hat er das Mofa nicht bekommen. Mike bekam später auch eine silberne Zündapp, die aber frisiert war und dadurch schneller fuhr als Roys Mofa. Wir bemerkten schon, dass durch die Zweiräder ein kleiner Konkurrenzkampf entstanden war. Mike blieb am Wochenende auch bei uns. Unsere Cousins, wie sollte es anders sein, wurden natürlich in meinem Zimmer einquartiert und schliefen dort zusammen auf der Couch. Ich hatte Glück und brauchte mein Bett nicht zur Verfügung stellen. Dass ich mein Zimmer am Wochenende mit den Jungen teilen musste, war schon O.K., aber sonntags gab es immer Stress mit dem Aufräumen des Zimmers. Das sollte ich alleine erledigen, was ich natürlich überhaupt nicht einsah. Papa machte sich immer lustig, wenn ich mit den Jungs wegen dem Aufräumen schimpfte. Er sagte: „Na, müsst ihr wieder euer Zimmer aufräumen", und goss mit seiner überflüssigen Bemerkung noch Öl aufs Feuer. Das machte mich rasend, schon die Bemerkung EUER ZIMMER, was nun wirklich nicht der Fall war, brachte mich zum Platzen, doch dafür konnten die beiden Jungen ja nichts. Trotz der kleinen Unstimmigkeiten feierten wir unsere ganz privaten Feten in Ommas Wohnküche. Die waren nicht ganz so super wie Holgers Feiern, da die Burgaltendorfer fehlten, hatten aber ihren eigenen Charm, weil eben nur die Leute, die den Hof besuchten, dort anwesend waren. Nach ein paar Bierchen während so einer Feier stellten wir fest, dass die Wand, die Omas Wohnküche und Mamas und Papas Wohnzimmer trennte, im Weg war. Ein neues Projekt wurde geboren, stand aber noch in den Kinderschuhen. Vorher feierte Birgit, die Freundin von Michi Staten, noch ihren Geburtstag bei ihren Eltern zu Hause. Wir nahmen die Einladung dankend an. Wie immer trafen wir etwas verspätet ein und Birgit stellte uns einen weiteren Gast vor, den wir noch nicht kannten. Oder doch? Er hieß Rolf und irgendwie kannten wir ihn schon ein bisschen, zumindest vom „dran vorbeifahren". Da half er seiner Mutter Marlies beim Treppe putzen. Er war groß geworden und die Hornbrille, die er trug, war noch größer. Er rauchte erstaunlicherweise Pfeife und trug eine graue Stoffhose mit einem breiten Schlag, dazu ein Hemd und da drüber einen Pullunder. Dadurch wirkte er auf uns sehr konservativ und erwachsen. Wir lernten im Laufe des Abends Rolf besser kennen und mussten feststellen, dass er sehr nett war. Er lernte uns auch kennen, ich weiß aber nicht, was er von uns an diesem Abend gedacht hat. Frieda zeigte sich nämlich von ihrer Schokoladenseite. Sie wettete um ein paar Mark, dass sie eine ganze Schüssel Kartoffelsalat, die nicht klein war und 6 lange Bockwürste aufessen würde. Der letzte Löffel Salat und das letzte Stückchen Wurst schob sie sich, nachdem wir sie anfeuern mussten, kreidebleich nach einer Stunde Essen mit Widerwillen rein. Danach war ihr kotzübelschlecht, und wir mussten sie zwischen uns nehmen und sie nach draußen bringen, weil sie kurz davor stand, sich zu übergeben. Sie wirkte, als wenn sie volltrunken gewesen wäre, dabei war sie gar nicht zum Trinken gekommen. Rolf fand das sehr amüsant. Immer, wenn wir ihn später trafen, durch Birgit und Michi, auf der Kirmes in Burgaltendorf oder bei Statens zu Hause musste er lachen, wenn er Frieda sah, die diese Aktion im Nachhinein gar nicht mehr so lustig fand. Rolf fragte Michi und Birgit, wo sie sich seit Neuestem rumtreiben würden, da er sie nur noch selten im Dorf oder zu Hause antraf. Die beiden antworteten spontan: „Na auf dem Hof sind wir, wo sonst." „Wo ist denn dieser Hof," fragte Rolf neugierig nach. „In Niederwenigern, fahr uns doch einfach hinterher, dann kannst du direkt mitkommen." Rolf ließ sich nicht lange bitten und nahm die Einladung dankend an. Das hatten Michi und Birgit gut gemacht, denn unser Projekt sollte keine Idee bleiben, sondern in die Tat umgesetzt werden, da konnten wir jeden Handwerker gut gebrauchen. Rolf war nämlich, genau wie Michi, Elektriker. Wo er schon mal da war, konnte er auch bei einer Tasse Kaffee, die wir alle jeden Nachmittag zusammen tranken, die Planung des Umbaus von Wohnzimmer und Omas Wohnküche mitgestalten. Papa standen die Nackenhaare zu Berge, wenn wir darüber sprachen und war, wie immer, dagegen. Rolf wunderte sich schon ein wenig, dass wir Papas Meinung dazu total ignorierten und darüber, dass es völlig normal war, dass er sofort dazugehörte, als wenn wir ihn schon ewig kennen würden. Was ja auch im Grunde so war. Rolf kam nun auch jeden Tag und nutzte jede Gelegenheit in Friedas Nähe zu kommen. Er fand sie nicht nur lustig und verfressen, sondern auch faszinierend. Frieda hatte keine rosarote Brille auf und sah das zu Rolfs Leidwesen völlig anders. Durch Rolf und Günter hatten wir zwei helfende Hände mehr als geplant am Start und die Operation Umbau konnte starten. Wir mussten nur noch Papa aus der Schusslinie bekommen, Mama war involviert und machte keinen Ärger. Unser Tag sollte schon bald kommen, Papa musste zu einer

Tierauktion. Als er gerade den Hof verlassen hatte, holten wir den dicken Vorschlaghammer aus dem Schuppen und schlugen damit ein dickes Loch in die Wand, die zwischen Wohnzimmer und Omas Wohnküche lag. Jochen parkte den Trecker mit Anhänger neben den Fenstern, damit wir den alten Lehm und Schutt direkt darauf schaufeln konnten. Rolf meinte noch, ob es nicht sinnvoller gewesen wäre, die Räume leer zu räumen oder zumindest die Deko wegzupacken. Oder die Gardinen abzunehmen. Wir sagten ihm, dass jetzt alles schnell gehen musste, bevor Papa wieder zurückkam, da blieb für so etwas keine Zeit. Als Papa gegen Abend wiederkam, war die Wand schon so gut wie weg. Das Fachwerk, was sich in der Wand befand, hatten wir wie geplant stehen lassen und sah dreckig, aber super aus. Papa konnte es nicht fassen, als er sah, was er nicht mehr sah und brachte nur ein kurzes: „Kinder, seid ihr denn verrückt," heraus. Wir waren begeistert. In den nächsten Wochen nahm alles Gestalt an. Da

Rolf nun auch nicht mehr im B-Dorf zu sehen war, wurde er von seinem Freund und gleichzeitig Großcousin Steffen vermisst. Steffen fragte Rolfs Mutter Marlies, wo Rolf sei und was er machte. Natürlich wusste Mutter Marlies, wo sich ihr erwachsener Sohn rumtrieb, da er kein Geheimnis daraus machte, wen er kennengelernt hatte und wie verrückt er uns fand, vor allem Frieda. Mit seinem silbernen Audi fand auch Steffen den Weg zum Hof, mit dem Vorwand, seine neuen Auto-Pionier- Boxen zeigen zu wollen. Neugierig, wo Rolf, Michi und Birgit sich aufhalten könnten, war er auf gar keinen Fall. Er wollte nur zeigen, was er sich Neues gegönnt hatte. Wo Steffen schon mal da war, und als gelernter Dachdecker, gut mit Holz umgehen konnte, spannten wir ihn sofort ein. Ehe er sich versah, stemmte er Schlitze und baute mit den anderen Jungs die Holzdecke ein, in die Michi und Rolf Einbaustrahler einbauten. Er half gerne und fühlte sich auch sofort gut aufgenommen. Auch er kam nun jeden Tag, trank mit uns

Kaffee, erzählte genau so viel dummes Zeug wie wir und passte hervorragend zu uns. Ein bisschen verwirrt war er anfangs schon, als er Frieda und Ida sah. Nicht nur, weil sie sich total ähnlich sahen, nein, sie passten auch in sein Beuteschema. 1,58 klein, große, grüne Augen, kastanienbraune Haare, nicht zu dünn und nicht zu dick. Ihm war schnell klar, eine davon musste er haben. Rolf bemerkte Steffens Interesse und klärte ihn erst mal auf. Rolf sagte zu Steffen: „Frieda geht an mich, damit das klar ist." Steffen hatte verstanden und meinte kurz: „Die andere, Ida, hat eh die größere Klappe, die hätte ich sowieso genommen. Nur, dass Rolf die Rechnung ohne den Wirt gemacht hatte. Während der Umbauphase lud er sie des Öfteren ein, aber Frieda lehnte jede Einladung ab. Schlimmer noch, sie ging ihm sogar aus dem Weg und sagte: „Mit dem niemals." Das reichte. Rolf war enttäuscht und gekränkt. Er blies zum Rückzug an und kam nicht mehr zum Hof. Bei Steffen und Ida hingegen lief alles bestens. Bei ihnen war der

Funke schnell übergesprungen. Die beiden holten zusammen am Morgen für die Baustellenarbeiter Brötchen, gingen Eis essen und Ida nahm gerne jede Einladung von Steffen an. Sie war gerne in seiner Nähe. Wir tapezierten die Wände und machten alles wieder sauber. Die Operation Umbau konnte erfolgreich abgeschlossen werden. Mama und auch Papa waren glücklich. Sie bedankten sich, nachdem alles fertig war, bei allen Helfern mit einer Einweihungsfete. Vorher machten Mike und ich mit Mikes Mofa eine Probefahrt. Wir fuhren durch die Haustür rein, langsam durch den Flur, durch die Küchentür, in die Küche, an Tisch und Stühlen vorbei, obwohl das nicht ganz einfach war, weil es etwas eng wurde, da unsere Beine auch mit dran vorbeimussten. Durch die nächste Tür, die von der Küche ins Wohnzimmer führte. Mama schimpfte wie ein Rohrspatz, weil Mike stotternd Gas geben musste und die Abgase die Luft extrem verpesteten. Dann aber im neuen Wohnzimmer schaltete Mike sogar in den zweiten Gang. So viel Platz hatten wir jetzt. Wir lachten, weil es total irre war mit dem Mofa im Wohnzimmer relativ schnell voran zu kommen. Durch die zweite Wohnzimmertür langsam wieder in den Flur, und ab nach draußen. Cool, die Arbeit hatte sich wirklich gelohnt. Allerdings, da Rolf sich nicht mehr blicken ließ, bestand Papa darauf, dass er auf jeden Fall wenigstens bei der Einweihungsfete dabei sein sollte. Die Elektrik war schließlich mit auf seinem Buckel gewachsen. Es wurde schnell ein Samstag gefunden, an dem alle Zeit hatten. Mama hatte was Leckeres gekocht und zum Trinken war auch genug da. Zur fortgeschrittenen Stunde hatten wir schon alle ganz gut die Lampe an, denn wir konnten besser singen als Toni Marschall. Vielleicht nicht besser, aber lauter. Frieda wusste gar nicht mehr, ob sie fünf oder zehn Finger an einer Hand hatte, die war recht blass um die Nasenspitze geworden und musste nach oben ins Bett gebracht werden. Rolf bot selbstverständlich seine Hilfe an. Er schnappte sich Frieda und schob sie die Treppe hoch, die währenddessen jammerte wie schlecht ihr sei. Oben angekommen, zog Rolf ihr die Schuhe aus und legte sie aufs Bett. Frieda jammerte immer noch und stellte fest, dass alles unglaublich schnell an ihr vorbeisauste. Vielleicht war das der richtige Moment, ihr einen Kuss zu geben, dachte Rolf, vielleicht würde er zum Prinz werden, und er könnte ihr Herz erweichen. Nachdem er sie geküsst hatte, fühlte sich Rolf ganz und gar nicht wie ein Prinz, von dem es sowieso nur einen gab. Er fühlte sich eher wie ein Frosch an, denn Frieda musste sofort kotzen. Eindeutiger konnte sie nicht sagen wie gern sie Rolf mochte. Komisch war aber, dass sie nach ihrer Kotzattacke ein paar Tage später mit Rolf Kontakt aufnahm. Sie ging sogar mit ihm aus und fand ihn eigentlich ganz nett. Rolfs liebenswürdiges Verhalten, seine aufrichtige Hilfsbereitschaft an dem überwältigenden Kotzabend lies Friedas Herz erweichen. Nur an sein konservatives Aussehen konnte sie sich nicht gewöhnen, daran musste sie unbedingt etwas ändern. Sie kleidete Rolf neu ein. Eine moderne Jeans mit dazu passendem Pullover trug er seit Neustem. Schicke Schuhe und sogar eine neue Brille hatte Frieda ihm ausgesucht. Ida meinte, um die Frisur werde sie sich selbstverständlich kümmern. Friedas und Idas Bewerbungen waren erfolgreich. Frieda lernte Einzelhandelskauffrau in einer kleinen Boutique in Hattingen. Ida lernte das Friseurhandwerk bei der lieben Familie Weyerstahl, in deren Salon bei uns im Dorf. Den strengen Seitenscheitel ließ Ida unter der Aufsicht ihres Chefs einer flotten Kurzhaarfrisur weichen. Rolf lies alles über sich ergehen - wenn das keine Liebe ist, dann weiß ich es auch nicht. Die Verwandlung war ein voller Erfolg. A New Rolf was Born. Frieda war begeistert, dass sie so einen gutaussehenden Freund hatte. Sie lies sich gerne mit ihm sehen. Steffen durfte so bleiben wie er war. Zum Lernen hatte Ida Steffen mal im Laden ein paar blonde Strähnen gemacht, diese passten gut zu Steffens dunkelbraunen Haaren und Augen. Bei der Freiwilligen Feuerwehr Burgaltendorf, in der die beiden Großcousins Mitglieder waren, fiel ihr neues Outfit ebenfalls positiv auf. Der gute Freund Hagen bombardierte Rolf und Steffen sogar bei einem Treffen in der Wache mit Fragen: „Was ist denn mit euch passiert? Wie anders seht ihr überhaupt aus! Und wieso habe ich keinen von euch seit Monaten gesehen? Sind da etwa Frauen im Spiel?" Lachend antworteten die beiden mit einem „Ja". Sie erklärten Hagen alles und auch gleichzeitig den Weg zum Hof, falls er Lust hätte, mit Kaffee zu trinken. Gesagt getan, Hagen fand mit seinem grünen Golf den Weg zum Hof. Er war ein lustiger, ebenfalls gutaussehender junger Mann, der gerne Kaffee trank und genauso stinknormal und bodenständig war wie wir. Hagen hatte genau wie Steffen, Rolf, Günter und Wilhelm eine abgeschlossene Berufsausbildung und arbeitete im Familienbetrieb seiner Eltern fleißig mit. Da, wo Mama vor einigen Jahren die Zimmer für die Zwillinge zur Einschulung gekauft hatte. Hagen konnte nur nach Geschäftsschluss oder am Wochenende zum Kaffeetrinken kommen. Genau wie meine Schwestern, da sie sich ebenfalls an die Öffnungszeiten ihrer jeweiligen Geschäfte halten mussten. Doch wenn wir alle Feierabend hatten platzte unsere Küche bald aus allen Nähten. Mama besorgten wir aus diesem Grund eine Industriekaffeemaschine, damit sie mit dem Kaffeekochen nachkam.

6. Lehrjahre sind keine Herrenjahre

Ich begann zum Herbst hin ebenfalls eine Ausbildung als Friseurin. Nicht, weil ich den Beruf gut fand, sondern weil ich einen Ausbildungsplatz hatte und endlich die" heiß geliebte" Schule verlassen konnte. Da ich sowieso nicht wusste, was ich einmal machen wollte, war mir jeder Beruf recht. Diese Entscheidung war eine sehr, sehr schlechte gewesen, denn mit meinen Vorgesetzten kam ich nicht klar. Die waren spießig und arrogant. Zu allem Übel kam noch hinzu, dass ich überhaupt keine Freizeit mehr hatte. Samstags wurde lange gearbeitet und montags, wo eigentlich für Friseure frei war, durfte ich auch antanzen. Entsetzlich! Dieser Beruf, der eigentlich gar nicht schlecht ist, ist mir dadurch total vermiest worden. Nach ein paar Monaten schmiss ich alles mit den Worten „Stecken Sie sich Ihren scheiß Laden in Ihren arroganten Arsch" hin, und musste wieder zur Schule gehen. Unser Bruder bekam von meinen Problemen nichts mit. Der hatte nur noch Augen für seine Blume Angela, die er Karneval erspäht hatte. Steffen fand das gar nicht gut und konnte Wilhelms Begeisterung für Angela absolut nicht teilen, da Angela wie schon erwähnt seine jüngere Schwester war, die er nicht in seiner Nähe auf dem Hof haben wollte. Zwischen Wilhelm und Angela lief es schleppend an. Als wenn man einem Gänseblümchen die Blätter der Reihe nach ausreißt, mit der Frage „Sie liebt mich, sie liebt mich nicht". Zu Steffens Entsetzen blieb das letzte Blatt, mit „sie liebt mich", über. Schön, dass unser Bruder wieder in festen Händen und ein weibliches Wesen mehr auf dem Hof war. Steffen schrie nur: „Neiiin, so klein kann die Welt doch nicht sein, warum ausgerechnet die!?" Komisch, wenn nicht sogar verwirrend, war das ganze schon ein bisschen. Wilhelm und Ida sind Geschwister, Steffen und Angela sind Geschwister und jetzt sind sie alle richtig geordnete Paare.

Nicht zu vergessen, dass Rolf um zwei Ecken rum mit Angela und Steffen verwandt ist, und somit alle drei den gleichen Nachnamen haben! Meine lieben Geschwister Wilhelm, Frieda und Ida können da locker mithalten, da sie ebenfalls den gleichen Nachnamen tragen. Wenn da mal nicht der liebe Gott die Finger mit im Spiel hatte. Mein Exemplar Günter war der Einzige mit absolut frischem Blut, der sogar einen eigenen Nachnamen hatte. Das konnten wir auch leider oftmals feststellen, dass er irgendwie anders war als die anderen. Z.B. hatte Hagen mal eine super Idee. „Wir könnten nach Ibiza fliegen und dort einen richtig schönen Urlaub verbringen", schlug Hagen mit Begeisterung vor. Gesagt, getan, nur der Urlaub musste irgendwie bezahlt werden. Mit meinem Einkommen sah es nicht gerade rosig aus und drei Wochen waren geplant. Ich verdiente mir etwas nebenbei und unser Pony "Prinz" wurde verkauft, da wir auf Ponyreiten eh keine Lust mehr hatten. Vierbeiner waren out, so hatte ich das Geld schnell zusammen. Ida und Steffen hatten keinen Urlaub bekommen und konnten leider nicht mit. Eine musste sowieso auf den Hof bleiben und sich um alles kümmern. Zum ersten Mal fliegen war total aufregend und als Frieda und ich am Strand standen, das Meer sahen, soviel Wasser auf einmal, waren wir von dem Anblick überwältigt. Rolf fragte Frieda andauernd ob sie auch „oben ohne" machen würde. Frieda ging diese Fragerei total auf die Nerven, weil sie sich etwas genierte, da Hagen und Günter ja auch noch da waren. Sie ist eben ein richtiges Landei gewesen. Doch Rolfs Fragerei war gegen Günters Gejammere ein Dreck gewesen. Er jammerte Tag und Nacht: „Mir ist heiß, ich habe Durst, ich schwitze, meine Anziehsachen sind durchgeschwitzt, ich muss mich umziehen", so ging das in einer Tour. Das Schlimmste war, dass wir wegen seiner Umzieherei abends nur spät oder mit Unterbrechungen etwas unternehmen konnten. Ibiza war schön, aber drei Wochen mit Günter eine reine Katastrophe. Unsere

Beziehung hatte sehr durch diesen Urlaub gelitten, und ich musste feststellen, dass das nicht mein Prinz aus dem Kinderzimmer von damals sein konnte. Prinzen haben gute Manieren, lassen sich nicht mit Bier volllaufen und haben eine schlanke Figur. Das alles konnte Günter nicht vorweisen. Außer, das sollte ich erwähnen, pingelig war er nie, und hilfsbereit schon ab und an. Meine zweite Chance, eine Ausbildung zu machen, bekam ich in einer Weberei als Textilmaschinenführerin. In einer Weberei zu lernen und zu arbeiten war genau das Richtige für mich, das kannte ich von früher aus Tante Ginas Weberei. Endlich fühlte ich mich wohl, und ich ging sehr gerne zur Arbeit, wer konnte das schon von sich behaupten. Zur Schule ging mittlerweile keiner mehr von uns. Alle machten eine Ausbildung oder waren schon fertig. Schließlich waren wir zu jungen Damen und Herren herangewachsen, wo der Führerschein nicht fehlen durfte. Rolf und Steffen hatten die Zwillinge in der

Fahrschule Dörger angemeldet und die Mädels hatten bald ihren Führerschein. Papa meinte: „Eigentlich hätte doch nur eine den Führerschein machen brauchen, da hätten sie sich eine Menge Geld sparen können, weil bestimmt nicht auffallen würde, welche gerade am Steuer sitzt." Frieda und Ida fanden den Vorschlag unglaublich, denn sie wollten auch mal gleichzeitig mit verschiedenen Autos fahren, auch, wenn das nicht oft vorkam, da sie eh alles zusammen erledigten.

Papa hatte im Laufe der Zeit die Jungs in sein Herz geschlossen, und wir Töchter hatten nichts mehr zu melden. Er nahm sie in Schutz, verteidigte sie, wenn Ärger mit uns anstand, und alles, was sie machten, war richtig. Von Eifersucht und Misstrauen, wenn ich noch an die Anfangszeit denke, war nichts übrig geblieben. Eine weitere Bestätigung, wie loyal die Jungs Papa gegenüber waren, bekamen wir, als bei einem Sturm das halbe Hausdach abgedeckt wurde. Es stürmte und regnete in den frühen

Morgenstunden draußen, als wenn die Welt untergehen wollte. Keiner fühlte sich wohl in seiner Haut. Mama hatte richtige Angst und zuckte bei jedem Geräusch zusammen. Irgendwie wussten wir auch, dass das nicht gut gehen würde, da das Dach des Wohnhauses ziemlich marode war. Plötzlich heulte es draußen richtig laut auf und dann passierte es. Alle warteten drauf und hofften aber doch gleichzeitig, es würde nicht passieren. Mit einem kaum zu beschreibenden Geräusch schob der Wind laut rutschend und scheppernd unser Hausdach zu Boden. „Oh, Gott, was machen wir denn jetzt?" Sofort zogen sich die jungen Männer, unser Bruder und Papa selbstverständlich auch Regenjacken an und rannten raus. Keiner hatte gedacht, dass so viel kaputt gegangen war. Die meisten Pfannen des Daches waren weg. Manchmal rutschte die eine oder andere Pfanne oder Dachlatte nach, deshalb war es nicht ganz ungefährlich, sich draußen zu bewegen. Aber was sollten wir machen, wir mussten, ja, wir

Mädchen, außer Mama, auch. Der Wind peitschte uns den Regen ins Gesicht als wir Dachpfannen, die im Garten lagerten, zum Haus schleppen mussten. Ich fühlte mich wie im Krieg. Gegen den extremen Wind konnten wir nur anschreien, damit wir uns verständigen konnten. Wilhelm und Steffen torkelten auf dem Dach rum, damit sie Dachlatten reparieren und die Pfannen, die wir ihnen anreichten, verarbeiten konnten. Ich hatte schreckliche Angst um die beiden, dass sie bei dem fürchterlichen Wind abstürzen könnten. Günter nahm sich in seiner Firma sogar einen Tag Urlaub, um den ganzen Tag helfen zu können. Das Wetter entspannte sich, und wir hatten auch das Dach weitgehend mit Planen oder Pfannen dicht bekommen. Bei einer Tasse Kaffee in der Küche bedankte sich Papa bei den Jungs. „Mensch, was würde ich ohne euch bloß machen, Danke für eure Hilfe." Eine weitere Aktion der Verbundenheit ergab sich, als Papa einen Anruf bekam, er müsse umgehend unsere Rinder, die auf den

Ruhrwiesen weideten, nach Hause holen. Die Ruhr hatte Hochwasser und unsere Rinder, weitere Rinder von anderen Bauern und zwei Pferde, die dort ebenfalls grasten, standen auf einer kleinen Insel, die noch aus dem Wasser ragte, zusammengepfercht, Hintern an Hintern. Wir fuhren mit einem Viehtransporter, den Papa organisiert hatte, hin. Von da aus, wo wir trocken parken konnten, bis zu den Tieren, trennten uns ein paar Kilometer Wasser. Papa und die anderen Bauern, die auch dort waren, um ihre Tiere zu befreien, überlegten, wie man sie dort wegbekommen könnte. Die einzige Lösung bestand darin, mit mehreren Leuten die gut schwimmen konnten, da das Wasser recht tief war, zu dieser Insel zu schwimmen und die Herde geschlossen ins Wasser zu treiben. Im Herbst voll bekleidet in der Ruhr zu schwimmen, bei einer Wassertemperatur, die man sich wirklich nicht wünschte! Da mussten wir ganz schön um Luft ringen, als sich unsere Kleidung langsam mit Wasser vollsog und am Körper hochkrabbelte. Ich war nicht ganz so schnell wie die Männer, die voranschwammen. Die ersten drei Männer, die die Tiere zuerst erreichten, fingen schon an, die Herde anzutreiben. Die Pferde wurden nervös und sprangen mit einem Satz ins Wasser. Daraufhin folgten ihnen die ca. 30 Rinder und sprangen den Pferden hinterher. Ein einmaliges Bild war das, wie im Wilden Westen. Ich drehte schnell wieder um, als ich sah, dass die Aktion ohne weitere Helfer so gut funktionierte. Muhend, mit dem Kopf aus dem Wasser, kam mir schon die Herde entgegen. Ich war froh als ich wieder festen Boden unter den Füßen hatte und wir unsere Rinder in Empfang nehmen konnten, um sie zu verladen. Jetzt bloß schnell nach Hause, unter die warme Dusche und trockene Sachen anziehen. Das Ganze war total aufregend, aber auch nicht ganz ungefährlich, wenn ich noch an die Strömung in der Ruhr denke. Die Rinder waren ebenfalls froh als sie in dem frisch eingestreuten Stall standen. In den danach folgenden Jahren holten wir die Rinder früher von den Ruhrwiesen, damit diese Aktion einmalig blieb. Der Alltag war nach dieser Aufregung schneller wieder da als gedacht, und ich musste mich mal wieder für eine Schule entscheiden. Endlich, es sollte nämlich die heiß herbei gesehnte Fahrschule sein. Allerdings suchte ich mir diese selber aus und saß auch schon bald hinter dem Lenkrad, obwohl Papa dagegen war. Er meinte, es wäre doch Quatsch, einen Führerschein zu machen, und ich würde bestimmt immer zu schnell fahren. Da ich mir erst mal kein Auto leisten konnte, konnte ich auch nicht schnell fahren. Am Wochenende sah das anders aus, da durfte ich mit Günters Manta fahren. Ich war froh, dass ich überhaupt mal die Gelegenheit zum Fahren bekam und meine lieben Familienmitglieder und Freunde waren froh, dass ich den Chauffeur spielte, denn sie kamen immer günstig nach Hause. Alkohol konnten sie dann ohne Maß trinken. Vor allem ließ sich Günter an den Wochenenden vollaufen wie ein Eimer, das war mir immer sehr peinlich und unangenehm und zu allem Übel stänkerte er auch noch andere Gäste an. Quer durch den Ruhrpott gingen unsere Wochenendausflüge. Wir besuchten die Cranger Kirmes, dann auch mal in Bochum das Bermuda Dreieck oder in Essen verschiedene Lokale, wie z.B. Meiers Musikladen oder die Blaue Grotte. Irgendwann in der Nacht trafen wir wieder auf dem Hof ein. Neben der Haustür befindet sich ein kleines schmales Fenster, das wir nur aufstoßen brauchten, damit wir dort einsteigen konnten, und die Haustür von Innen danach öffneten. Günter brauchte nie durch das Fenster, weil er zu dick war und dort steckengeblieben wäre. Wilhelm oder z.B. Mike oder einer von Günters Brüdern, die auch mit von der Partie waren, schoben sich durch das Fenster, um zielstrebig direkt mit einem Bein in der darunter stehenden Milchkanne, die als Schirmständer diente, zu landen. Spätestens nach diesem Lärm, den diese Aktion mit sich brachte, wussten

Mama und Papa, dass wir wieder zu Hause waren. Jetzt konnten sie beruhigt einschlafen. Dass wir uns in Mamas Küche erst mal was zu essen machten, störte sie nicht, obwohl das auch nicht leise über die Bühne ging. Hauptsache wir waren alle wieder da. In den Sommermonaten war die Haustür nie abgeschlossen, weil Roy bis nachts präsent war. Natürlich hatte auch er sein Mofa und die Fußballzeit hinter sich gebracht. Seine Priorität lag nun bei seinem Auto. Er schrubbte es wie ein Besessener jedes Wochenende, deshalb fuhr er nicht mit uns und blieb da. Sogar die Türen baute er dann aus, um dort in allen Ecken putzen zu können. Deshalb fuhr er nur selten mit in irgendeinen Zappelschuppen, in denen Angela für gewöhnlich einschlief. Wenn Roy sein Auto poliert hatte und es fing an zu regnen, hielt er einen Regenschirm über die polierten Stellen. Das konnten wir eines Nachts beobachten, als wir wieder zu Hause ankamen.

In unserem kleinen Niederwenigern wurde auch gerne gefeiert. Der VfL veranstaltete seinen Sportlerball und die Freiwillige Feuerwehr ihr Feuerwehrfest. Gemeindefest und Kirmes nicht zu vergessen. Das Schöne an diesen Festen war, sie konnten zu Fuß erreicht werden und keiner brauchte fahren. Die Gaststätte "Zum blauen Ochsen" lag in unserer Nachbarschaft, dort gingen wir Kegeln, wenn die Bahn frei war. Rainer, der Wirt, freute sich immer, wenn wir alle zum Kegeln kamen. Die Kegelbahn war dann immer wegen Überfüllung geschlossen und Rainers Kasse klingelte. Stella gesellte sich einen Abend mit dazu, da sie ein Single war und keine andere Verabredung hatte. Hagen, auch mal wieder solo, saß schon am Tisch, als die blondgelockte Stella mit ihren langen Beinen und ihren strahlend blauen Augen den Raum betrat. Hagen bekam den Mund nicht mehr zu als er sie sah. „Wau, da muss ich mich drum kümmern," sagte er, sein Ziel ganz klar vor Augen. Sofort setzte er sich neben Stella und quatschte auf sie ein. Sie hörte ihm wohl etwas zurückhaltend zu. Den ganzen Abend ließ Hagen unsere Cousine nicht aus den Augen, auch ihre Getränke ließ er mit auf seinen Deckel schreiben. Zu spät vorangeschrittener Stunde verließen wir die Gaststätte und saßen auf dem Hof in der Küche noch etwas zusammen. Mama hatte einen guten Wein im Keller, der unbedingt vernichtet werden wollte. Am nächsten Morgen, nachdem ich aufgestanden war, ging ich wie immer in die Küche. Gerade als ich die Tür einen Spalt geöffnet hatte, riefen mir zwei grinsende Gesichter einen „Guten Morgen" zu. Ich konnte es nicht glauben. Stella und Hagen saßen immer noch auf der Eckbank, genauso wie sie sich dort am späten Abend platziert hatten. Von diesem Tag an waren sie unzertrennlich. Auch Cousin Rudi hatte mal wieder eine neue Freundin. Sie hieß Anna und Rudi war sehr stolz, dass seine neue Freundin so gut zu unserem Clan passte. Cousin Jochen und seine Heidi klinkten sich dagegen etwas aus. Sie verbrachten, obwohl sie früher gerne auf dem Hof waren, ihre Zeit bei Statens in Heidis Jugendzimmer. Jochen war aber dabei, als ich mein erstes eigenes Auto nach Hause fahren durfte. Ich glaube, zwischen ihm und Heidi lief es auch nicht mehr so richtig. Geäußert hatte er sich nicht dazu, kam mir halt nur so vor. Auf jeden Fall war ich total stolz auf mein selbst zusammengespartes super Auto. Ich bekam sogar noch einen Satz Winterreifen mit dazu. 600 DM waren nun mal auch kein Pappenstiel für einen acht Jahre alten Fiat Bambino. Die vier Winterreifen verstauten wir auf der Rückbank des Froschgrünen Flitzers und ab ging die Fahrt nach Hause. Ich fuhr, Jochen war mein Beifahrer. Zuerst mussten wir ein Stück die Burgstraße runterfahren. Das fühlte sich in dem kleinen Wagen an, als wenn wir 200 Sachen draufhätten. Am Ende der Straße musste ich fürchterlich auf die Bremse latschen, damit der Elefantenturnschuh wenigstens ein bisschen langsamer wurde. Das fanden wir schon etwas merkwürdig. Danach konnten wir mit quietschenden Reifen rechts abbiegen. Jochen und ich sahen uns lachend an und verloren danach erstaunlicherweise zügig an Dampf, weil wir einen steilen Berg hinauffahren mussten. Auch das war nicht normal. Unseren heimischen Berg zum Hof schaffte das Auto kaum. Zu Fuß wären Jochen und ich schneller gewesen. Ich schaute entsetzt meinen Cousin an und sagte zu ihm: „Wir müssen Ballast abwerfen, sonst bleiben wir stehen." Sofort drehte sich Jochen um, um hinten nach einem Winterreifen zu greifen. „Nicht die Reifen, Jochen", sagte ich, „du musst raus!" „Das ist nicht dein Ernst!" gab er mir voller Entsetzen zurück. An meinem verzweifelten Gesichtsausdruck konnte er sehen, dass ich es ernst meinte. „O.k.", sagte er nur kurz und stieg sofort aus. Plötzlich wurde der Bambino richtig schnell. Aus dem Rückspiegel heraus konnte ich beobachten, wie Jochen, beide Hände an der Motorhaube drückend, die Schnecke richtig flott machte. Oben angekommen parkte ich lachend. So etwas hatte ich noch nicht erlebt. Jochen auch nicht. Er bekam kaum noch Luft, so extrem hatte er sich abgemüht. Jochen hatte mehr Power als der Motor des Kleinwagens. Als ich mit Rolf, der mit seinen langen Beinen kaum in das Auto reinkam, eine Probefahrt durchs Dorf machte, winkten uns Fußgänger aufgeregt zu. Freundlich, wie wir waren, winkten wir zurück, bis wir feststellen mussten, dass hinten die Motorklappe aufgesprungen war und Öl heraus spritzte. Die netten Fußgänger wollten uns nur auf die Sauerei, die aus dem Motor spritzte, aufmerksam machen. Leider musste ich feststellen, dass mein ganzer Stolz ein Fehlkauf war. Die nächste Niederlage musste ich einstecken als ich versuchte, für Günter und seine Familie Pizza zu backen. Ich sollte endlich Kochen und Backen lernen, meinte Papa. Ich solle Mama in der Küche mal ab und an etwas über die Schultern schauen, sonst würde es noch schlimm mit mir enden. Zuletzt im schlimmsten Fall in der Pommesbude. Aus frischer Hefe machte ich den Pizzateig, belegte sie nach Wunsch mit Schinken, Thunfisch, Salami, Oregano und Käse. Sie roch wunderbar, in Stücke ließ sie sich nur schwer schneiden, und als Günters jüngster Bruder reinbiss brach ihm ein Zahn ab. Günter passierte das gleiche. Als sie ihre Pizzastücke vor Wut auf den Teller warfen, dachte ich, der geht jetzt auch noch kaputt. Günters Eltern und ich mussten lachen, wir probierten die Pizza lieber erst gar nicht. Es reichte, dass die Jungs sich leider einen Termin bei ihrem Zahnarzt machen mussten. Tante Inge lud uns drei Mädchen ab und an, wenn Onkel Herbert Spätschicht hatte, zum Pizzaessen ein, die im Gegensatz zu meiner Betonpizza super Klasse wurde. Sie hatte extra aus Ton Pizzateller gekauft, auf denen der Boden richtig schön gebacken wurde. Das waren immer sehr gemütliche Abende, auf die wir uns besonders freuten, nicht nur, weil die Pizza so lecker war, die Tante Inge uns machte. Jochen war einen Abend auch bei seiner Mutter zu Hause als wir unseren

Pizzaabend hatten, was nicht nur mich, sondern auch Frieda und Ida sehr wunderte. Jochen war sonst nie dabei gewesen. Er war eigentlich auch nur zum Essen, Schlafen und Duschen bei seinen Eltern gewesen. Meistens war er unterwegs oder bei Heidi, und genau das war der springende Punkt. Heidi war mal wieder fremdgegangen und diesmal war Jochen der Betrogene. Vielleicht konnte er sich jetzt in die Lage versetzen, in der sich damals Kersten befand. Es hatte aber auch noch was Gutes. Erstens konnte er noch bei der Hochzeit von Birgit und Michi, Heidis Bruder, dabei sein. Zweitens ging er endlich wieder mit uns an den Wochenenden auf Tour, wo er schnell seinen Kummer vergessen konnte. Richtig gut ging es Jochen. Er feierte ausgelassen und genoss die wunderbare Zeit. Was er, seine Brüder und seine Mutter danach aushalten mussten, konnte er zu diesem Zeitpunkt noch nicht ahnen. Auch der Rest der Großfamilie, Freunde und Bekannte waren über die Todesnachricht von Onkel Herbert total geschockt. Unsere Tante fand ihre erste große Liebe leblos im Badezimmer. Ein Hinterwandinfarkt hatte ihm keine Chance gegeben. Er wurde gerade mal 49 Jahre alt und musste in der Blüte seines Lebens alle, die er liebte, verlassen. Es war eine sehr schwere Zeit und keiner konnte verstehen, dass so etwas Endgültiges von jetzt auf gleich wirklich passieren kann. Tante Inge fand durch die Hilfe von Freunden und natürlich durch die Familie zurück ins Leben. Besonders ihre Schwester, unsere Tante Doro, bemühte sich, sie auf andere Gedanken und unter die Leute zu bringen. Die ganzen Bemühungen trugen Früchte. Nach ein paar Monaten lernte Tante Inge ihren zukünftigen Lebensgefährten Wilfried kennen, der ihr ihren Herbert nicht ersetzen konnte, ihr aber zu einem guten Freund und Wegbegleiter wurde. Es ging mal wieder Bergauf. Mama und Papa waren mittlerweile 25 Jahre verheiratet und ihre Silberhochzeit wurde ausgiebig mit Freunden und Verwandten gefeiert. Auch Wilfried fühlte sich gut aufgehoben. Nachdem er schon beim Kegeln dabei war, konnte er nun auch das erste große Fest mit allen feiern. Papa und Wilfried wurden richtig gute Freunde. Er war rundum glücklich und zufrieden und fühlte sich in seiner Haut, seinem neuen Zuhause mit seiner neuen Familie endlich angekommen. Reinhard, Rudi und Jochen waren froh, dass ihre Mutter nicht mehr allein war und akzeptierten Wilfried von Anfang an. Reinhard war schon seit ein paar Jahren verheiratet und sogar schon Vater. Rudi hatte seine Anna, aber Jochen? Was sollte bloß aus Jochen werden? Gut, dass Anna eine Freundin namens Coletta hatte, die Jochen ganz attraktiv fand. Jochen fand Coletta auch nicht schlecht, brauchte aber nachdem, was er alles im letzten Jahr an negativen Erlebnissen mitbekommen hatte, Mut, sich auf eine neue Beziehung einzulassen. Mit einigen Fehlzündungen ging es dann doch noch. Coletta hatte blonde Haare und blaue Augen. Genau wie seine Ex-Heidi. Sie war etwas kleiner als Jochen, hinkte etwas beim Laufen, weil sie leider als Kind mit der Hüfte Probleme hatte und im Gipsbett liegen musste. Das Hinken wurde zu ihrem Markenzeichen, weil es einen großen Wiedererkennungswert hatte. Uns war das egal, weil das einen Menschen nicht ausmacht. Jochen war es auch egal, weil das, was er sah, entsprach seinem Geschmack. Er selbst hatte Straßenköterblonde Haare und ebenfalls blaue Augen. Vom Aussehen her passten sie also schon mal ganz gut zusammen. Beide waren Raucher, tranken und feierten gerne. Außerdem hatten sie beide den gleichen Galgenhumor und ein bisschen verrückt waren sie auch, warum sollten sie kein Paar werden. Anna und Rudi passten vom Äußerlichen auch gut zusammen. Sie waren beide groß gewachsen und hatten dunkle Haare und braune Augen. Vom Wesen passten sie nicht ganz so gut zusammen wie die anderen beiden, da sie nicht die gleichen Interessen hatten und ihre Meinungen gingen auch des Öfteren auseinander. Nun, Gegensätze ziehen sich an, fragt sich nur, wie lange. Auf jeden Fall war die Familie ganz schön gewachsen, da die Geschwister, Cousins und Cousinen einen Partner hatten.

7. Wie das Leben so spielt

Steffen war entsetzt als er hörte, dass „unser Ommas" 80ter Geburtstag mit Mann und Maus gefeiert werden sollte. Er fand, es sei geschmacklos, Ommas 80ten zu feiern, da sie schließlich schon seit zehn Jahren tot sei. Für die Familie war das völlig normal, nur, dass unser Omma nicht vor Kopp, als Geburtstagskind mit an den Tisch konnte. Es sollte auch wirklich das letzte große Fest für Omma werden. Wir kochten ein festliches Essen. Rindfleischsuppe als Vorspeise, Braten mit Beilage als Hauptgericht und zum Nachtisch gab es Wackelpeter. Bevor wir mit dem Essen anfingen, sprach Tante Doro noch ein paar nette Worte über und zu Omma. Dann prosteten wir alle auf Omma und wünschten ihr alles Gute zum Geburtstag und uns einen guten Appetit. Auch, wenn so etwas vielleicht nicht normal ist, es war ein gelungenes Fest, auch für die Partner, die im

Laufe der Zeit dazugekommen waren.
Steffen fand das ganze ja geschmacklos. Ich fand es gut und musste im nachhinein feststellen, dass das, was er gut fand, war für mich geschmacklos, aber trotz allem zum Lachen. Wir saßen auf dem Hof in unserer Küche und die Jungs hatten schon gut einen geschnösselt. Unter anderem stand ein Bowletopf auf dem Tisch. Nach vielem albernem Gequatsche wurde eine Wette abgeschlossen. Rolf und Steffen wetteten um 20 Mark, dass Steffen den Bowletopf, mit dem Viertelrest Bowle darin ansetzen würde, und ohne einmal abzusetzen leer trinken könnte. Gut, alle gaben Geld, damit die 20 Mark zusammenkamen. Steffen nahm den Topf zwischen seine großen Hände und setzte ihn an und fing an zu trinken. Umso mehr er den Glasbehälter kippte, umso mehr versank sein Gesicht in der Glaskuppel. Es muss sehr anstrengend für ihn gewesen sein, denn er hatte einen hoch roten Kopf und grunzte wie ein Ferkel in den Topf. Das Gegrunze hörte sich total hohl an wie in

einer Grotte. Irgendwie widerlich. Zum Zweiten hatte ich Bedenken, dass er mit den Ohren in der Öffnung hängenbleiben könnte und mit dem Kopf stecken bleiben würde. Doch ein richtiger Kerl schafft das schon. Er gewann die Wette und war um 20 Mark reicher. Wir waren begeistert von seiner Leistung, obwohl das wirklich nicht schön anzusehen war. Mein Günter fand sowieso alles toll, was mit der Aufnahme von Alkohol zu tun hatte, besonders solche Aktionen. Ich legte auf seine Anwesenheit kaum noch Wert, weil es mir zu anstrengend wurde, an den Wochenenden für ihn den Chauffeur und Babysitter zu spielen. Er trank, egal wo wir waren, bei jedem Fest, was wir besuchten, bis zum Umfallen und mit dem Anpöbeln der anderen Gäste hörte er auch nicht auf. Das ließ sich nicht jeder gerne bieten. Vor allem, wenn Alkohol im Spiel war, musste ich immer die Gemüter beruhigen, damit es nicht zu einer Schlägerei kam. An einem Wochenende brachte er das Fass zum Überlaufen. Mit der Firma machte ich einen Betriebsausflug und schlief danach bei einer lieben Arbeitskollegin. In dieser Nacht fuhr er betrunken Auto und hatte einen Verkehrsunfall, weil ich nicht aufpassen konnte. Sein Opel Manta war nur noch ein Schrotthaufen, und er musste aus dem Wagen gezogen werden. Das reichte mir dann. Ich beendete die Beziehung, nachdem ich ihn nach seinem zweiwöchigen Krankenhausaufenthalt abgeholt und zu Hause abgesetzt hatte. Günter wollte meine Entscheidung aber irgendwie nicht akzeptieren und versuchte, mich umzustimmen. Ich blieb bei meiner Entscheidung und war froh, dass ich ihn los war. War aber leider nicht so, denn selbst, als ich schon einen neuen Freund hatte, suchte er immer noch meine Nähe. Heute würde man so einen Menschen als Stalker bezeichnen. Mein neuer Partner war natürlich von seiner ständigen Anwesenheit, was man auch verstehen konnte, total genervt und deshalb gab es auch ständig Ärger. Für eine wundervolle Abwechslung hingegen sorgten Hagen und Stella, als sie ihre Hochzeit bekanntgaben. In der katholischen Kirche in Burgaltendorf wurden die beiden getraut und danach wurde zünftig gefeiert. Ich ging natürlich mit meinem neuen Freund hin, was Günter nicht verstehen wollte. Peinlicherweise kreuzte er wie das Aschenbrödel gegen Mitternacht auf und feierte einfach mit, als wenn er noch wie früher dazu gehören würde. Mir blieb nichts anders übrig als mich für ihn zu entschuldigen und verlies sofort das Fest. Heiner, mein neuer Freund, kam natürlich mit. Er fühlte sich wie das dritte Rad am Wagen und war genauso wenig von Günters Auftritt begeistert wie ich. Vom Aussehen her hatten die beiden Männer überhaupt keine Ähnlichkeit. Günter war hellhäutig, blond mit blauen Augen und dick. Ein skandinavischer Typ. Heiner war das das ganze Gegenteil, eher der südländische Typ. Dunkelhaarig mit leichten Naturlocken, dunkelen Augen und schlank. Das musste mein Prinz sein. Einen eigenen Nachnamen hatte er sogar auch, alle Zeichen standen auf Daumen hoch. Ich war sehr glücklich, nur meine Familie nicht. Besonders meine Schwestern waren nicht mit Heiner einverstanden, sie mochten ihn nicht, weil sie ihn nicht kannten. Das war mir aber egal, ich blieb mit Heiner zusammen, obwohl es zu heftigen Auseinandersetzungen zwischen meiner Schwester Ida und mir wegen Heiner kam. Ein Jahr war vergangen und diese Beziehung war für mich ein Kampf. Entweder hatte ich mit meinen Schwestern Ärger oder mit Heiner. Während ich meinen Kampf kämpfte, wurden neue Ereignisse bekanntgegeben. Die erste und beste Knaller-Nachricht war, dass Stella und Hagen im Dezember Eltern werden sollten. Die zweite super Nachricht lautete: Doppelhochzeit. Rudi und Anna und Rudis kleiner Bruder Jochen mit Coletta wollten sich in unserem Dom das Ja-Wort geben. Einladungskarten wurden gedruckt, eine Gaststätte ausgesucht, eben alles, was organisiert werden musste, wurde erledigt.

Kurz vor der Hochzeit stand, wie üblich, das Brautgespräch beim Pastor an. Nach diesem Gespräch blieb für Jochen und Coletta alles wie geplant. Wo keiner auch nur von geträumt oder auch nur einen Gedanken dran verschwendet hätte, war, dass Anna nach diesem Gespräch kalte Füße bekommen hatte. Diese Unterhaltung hatte sie wach gerüttelt und sie kam zu dem Entschluss, die Beziehung zu beenden, weil sie sich mit Rudi schon lange nicht mehr sicher und wohlfühlte. Sie sagte Rudi zwei Wochen vor der Hochzeit, dass sie ihn nicht mehr heiraten könne und verlies die gemeinsame Wohnung. Schock! Für uns alle, aber natürlich ganz besonders für Rudi, der an dem Tag als sein jüngerer Bruder heiratete, eigentlich auch mit am Altar gestanden hätte und in den Hafen der Ehe eingelaufen wäre. Jetzt saß er ohne Anna zwischen der Hochzeitgesellschaft und verfolgte die Messe von den Sitzbänken aus. Manchmal ist das mit den Gegensätzen eben so eine Sache. Es war trotz allem eine super schöne Hochzeit. Heiner und ich brauchten diesmal keine Angst zu haben, dass das Aschenbrödel, also Günter wieder auftauchen würde. Der war auch mit eingeladen worden und sowieso schon mit von der Partie. Günter hatte mittlerweile unsere Situation akzeptiert und wir waren nur noch gute Freunde. Auch mit Anna, die jetzt mit ihrem neuen Partner in Hattingen wohnte, hielten wir den Kontakt. Anna und ich kamen auf die Idee, nachdem wir uns durch Zufall in der Hattinger Altstadt getroffen hatten, uns einmal im Monat mit allen Mädels zu treffen. Schließlich kannten wir uns alle schon eine geraume Zeit und für die Trennung von Rudi konnten wir Außenstehenden nichts. Cousin Rudi hatte sich ebenfalls schnell mit einer neuen Partnerin getröstet und die Wunden waren schnell verheilt. Meine Schwestern, Coletta eine weitere Freundin von Anna und ich bildeten die von uns so genannte "Therapiegruppe". Es waren oft unterhaltsame und lustige Abende. Selbst als

Anna und Coletta in Umständen und später Mütter wurden, traf sich noch unsere "Therapiegruppe". Anna bekam ein kleines Mädchen. Jochen und Coletta einen süßen Jungen. Mit Heiner lief es immer noch schlecht. Umso größer war die Enttäuschung, als ich nach einigen Trennungen und Neuanfängen feststellen musste, dass wir einfach nicht zusammenpassten. An meine Familie wollte sich Heiner auch nicht so richtig gewöhnen. Ich glaube, das war ihm alles zu viel. Mir war das Ganze auch zu anstrengend geworden. Ich war mal wieder froh und erleichtert, dass dieser Albtraum nach ca. 4 Jahren endete. Ich musste feststellen, dass Kandidat Nr. 2 ein Griff ins Klo war und kein Prinz. Daraufhin kam ich zu dem Entschluss, lieber alleine zu bleiben, ohne festen Freund. Vielleicht wäre es für mich sinnvoller, die Zeit damit zu verbringen, andere Länder zu bereisen. Prinzen gab es allem Anschein nach nur im Märchen. Günter hatte im Laufe der Zeit eine neue Freundin gefunden, die komischerweise den gleichen Vornamen trug wie ich. Wir wurden gute Freundinnen und verbrachten viel Zeit miteinander. Jetzt war ich diejenige, die als Ex-Freundin präsent war. Nur, dieses Mal störte es keinen. Ich genoss die Zeit ohne Partner in vollen Zügen. Keine Diskussionen, keine Entschuldigungen für irgendwelche Banalitäten, die Heiner unbedingt hören wollte, und auch keine Rechtfertigungen mehr meinen Schwestern gegenüber. Ich ging viel aus und arbeitete, wenn ich in der Firma Feierabend hatte, auf dem Hof weiter. Dass wir unsere Freizeit mit der Arbeit auf dem Hof verbrachten, setzten unsere Eltern voraus. Daher kannte ich keine Langeweile. Vor allem, nachdem das Hochzeitsfieber ausgebrochen und sich alle der Reihe nach ansteckten. Nach der letzten Hochzeit von Jochen und Coletta hatte es nun Angela und Wilhelm erwischt. Ich freute mich total für die beiden. Der Kronensohn hatte seine Blume gefunden und gepflückt. Mein großer Bruder, ich konnte es kaum glauben, nun musste ich selber auf mich aufpassen. Für den anstehenden Polterabend, der nach alter Tradition auf dem Hof stattfinden sollte, musste alles auf Hochglanz gebracht werden. Wir räumten auf, damit Platz geschaffen wurde für Musik und Büffet. Einige Anstreicharbeiten sollten auch noch erledigt werden. Papa hatte zu allem den nötigen Kommentar auf Lager, fasste aber nicht mit an. Er konnte auch nicht richtig laufen. Ich dachte, dass es an seiner Rheumaerkrankung liegen würde wie so oft. Das dachte ich auch nur. Er hatte versucht, an seinen Zehen selber eine Warze weg zu operieren und behandelte die Wunde mit Zugsalbe. Weil er sich mit solchen Sachen super auskannte und die Tiere schließlich auch selber behandelte, war das für ihn alles richtig. Nur auftreten konnte er nicht mehr. Nachdem sich das ganze fürchterlich entzündet hatte, fuhr ich sofort mit ihm ins Krankenhaus. Dort musste er drei Wochen bleiben und ist nur knapp einer Amputation des Zehen entgangen. Papa fiel jetzt auch

noch aus und wir mussten seine Arbeiten auch noch mit übernehmen. Wir wussten nicht, wo uns der Kopf stand. Die Kühe mussten gemolken und versorgt werden. genauso wie die restlichen Tiere gefüttert und ausgemistet werden mussten. Zeitgleich musste die Gras-Silage eingefahren werden und, ach ja, der Polterabend wollte auch noch weiter vorbereitet werden, und Arbeiten gehen mussten wir auch noch. Papa wartete im Krankenhaus auf unseren Besuch, wo Frieda, Ida und ich uns abwechselten. Wilhelm schaffte es gar nicht, ihn zu besuchen. Der war auch ein bisschen sauer auf Papa, weil der nicht, wie jeder normale Mensch, einen Arzt aufgesucht hatte, um die blöde Warze fachmännisch entfernen zu lassen. Der Polterabend kam immer näher, wir drei Schwestern schenkten unter anderem Angela und Wilhelm die Musik für ihren Abend.
Rolf arbeitete noch mit seinem Großcousin Jörg zusammen in einer Elektrofirma in Essen, da Jörg ebenfalls Elektriker war. Rolf

und Frieda waren dabei ihre eigene Firma zu gründen. Bei Rolf lief aus diesem Grund ebenfalls alles auf Hochtouren. Bevor er in die Selbständigkeit ging, verbrachte er seine letzten Arbeitstage mit Jörg zusammen, wo er noch schnell die Gelegenheit nutzte, Jörg für den Polterabend anzuheuern, da Jörg Hobby-DJ war. Manchmal machte Jörg mit seinem besten Freund und Cousin Oliver, kurz auch nur Olli genannt, als Hobby-DJ Stimmung auf verschiedenen Partys. Jörg wohnte in Burgaltendorf und nahm kurz nach dem Gespräch mit Rolf die Gelegenheit war, zu schauen, wo er und Olli Musik machen sollten. Auch er fand den Weg zum Hof schnell und schaute sich die Begebenheiten an. Er sagte, was er an Platz und Strom brauchte, und wollte, nachdem wir alles besprochen hatten, gar nicht wieder fahren. Ich wunderte mich, als er am nächsten Tag schon wieder da war. Er fühlte sich allem Anschein nach wohl in dem ganzen Gewusel und Arbeitsaktivitäten. Mir gegenüber brachte er nur coole Sprüche und

Macho Gehabe raus. Er nervte mich, bis an dem Abend, als endlich der Polterabend stattfinden sollte. Papa konnten wir ein paar Tage zuvor aus dem Krankenhaus abholen, und er konnte mit seinem Fixateur mitfeiern. Es regnete wie aus Eimern, als wir vier Geschwister am Abend noch vor der großen Feier die Stallarbeit, wie üblich erledigen mussten. Wilhelm war total geknickt und meinte: „Bei so einem Sauwetter kommt doch keiner zum Feiern und wir haben uns so viel Mühe gemacht, um alles rechtzeitig fertig zu bekommen." Wir trösteten unseren Bruder und meinten, er solle einfach erst einmal abwarten. Steffen und Jochen hatten vorsorglich vom Haus bis zum Schuppen ein Dach mit Hilfe ihres Gerüstes gebaut. Die beiden waren nebenberuflich selbstständig im Gerüstbau tätig. Arbeitskollegen von Wilhelm und Angela, Freunde, Familie und Gäste aus dem Dorf blieben dadurch vor dem Regen geschützt, und es wurde eine bombige Sause. Jörg und Olli sorgten mit der richtigen Musik für eine super Stimmung und wir zapften und kellnerten, was das Zeug hielt. Zur späteren Stunde beendete ich meinen Zapf- und Kellner-dienst. Ich trank und tanzte jetzt auch endlich mit, was Jörg sofort mitbekam. Schwups, und Jörg befand sich neben mir auf der Tanzfläche. Er erzählte mir, dass er mit Olli und mit ein paar anderen Kumpels in der nächsten Woche nach Malle fliegen würde, um da richtig einen drauf zu machen. „Haste Lust, vorher mit mir ein Bierchen trinken zu gehen", fragte er mich grinsend. Forsch antwortete ich ihm: „Nö, keine Lust und keine Zeit." „Aber wir könnten heute Abend ein Bierchen trinken, das muss reichen." Der Supermann hatte im Laufe der Zeit mitbekommen, dass ich keinen Freund hatte, und da er auch ein Single war, ergriff er die Gelegenheit beim Schopf und bändelte bei mir an. Während Supermann und Olli auf Mallorca waren, heirateten Wilhelm und Angela in unserem Dom. Pastor Stute traute die beiden ebenfalls. Nach der Messe fragte mich unser Pastor, wann er mich verheiraten dürfe. Ich antwortete ihm: „Herr Pastor, ich habe doch noch nicht einmal einen festen Freund, aber wenn ich meinen Prinzen gefunden habe, werde ich Ihnen den vorstellen." „Das ist schön," sagte er freundlich, „und dann werde ich euch beide trauen." Ich musste lachen, weil sich das alles für mich sehr weit weg anhörte. Nach der Hochzeit wurde das Wetter richtig schön. Warm mit viel Sonne. Es könnte an Jörgs Postkarten gelegen haben, die er mir aus dem sonnigen Süden geschickt hatte. Genau zwei trudelten kurz nacheinander ein, wo er mir sehr mit imponierte, was ich natürlich nicht zugeben wollte. Sofort nach seinem Urlaub war er wieder bei mir auf dem Hof und nervte mich mit seinen Fragen. Wann wir mal zusammen weggehen, was ich so mache usw. Ich hatte damit gerechnet, dass er im Urlaub irgendeine Schönheit kennenlernt, aber da hatte ich mich geirrt. Meine Geduld war irgendwann am Ende, schließlich hatte ich die Schnauze gestrichen voll von Liebe, Lust und dem ganzen Kram, was der arme Jörg nicht wissen konnte. Doch er war wie ein Wadenbeißer, der sich festgebissen hatte. Irgendwann gab ich nach und lies mich auf ihn ein. Jörg war glücklich und schwebte im siebten Himmel. Er wollte möglichst viel Zeit mit mir verbringen und die ganze Zeit Händchen halten. Das war zu viel für mich. Das kannte ich auch nicht, nie wollte ein Junge mit mir Händchen halten. So viel Aufmerksamkeit war ich nicht gewohnt. Außerdem brauchte ich meine Hände noch zum Arbeiten, da war keine Zeit zum Händchen halten. Bevor wir richtig zusammengekommen waren, beendete ich das Ganze auch schon wieder. Das hatte weniger mit Jörg zu tun, aber meine Freiheit fehlte mir schon. Jörg war traurig, dass ich nach so einer kurzen Zeit Schluss gemacht hatte. Er kam nicht mehr zum Hof. Ich musste wirklich zugeben, dass er mir fehlte, aber mir ging das alles zu schnell. Die alten Wunden sollten erst heilen. Der Wadenbeißer wurde seinem Namen gerecht, er lies nicht locker und quetschte Frieda aus.

Er fragte sie andauernd, was ich mache und wie es mir geht. Frieda beschwerte sich bei mir, da sie keine Lust hatte, Rede und Antwort zu stehen. Für Jörg war das der einfachste und schnellste Weg, etwas über mich zu erfahren, da Jörg mittlerweile der erste Mitarbeiter von Rolf und Frieda in ihrer jungfräulichen Firma war, wodurch sie sich jeden Tag sahen. Ich beruhigte Frieda und versprach ihr, mich um das Problem zu kümmern. Gesagt, getan. Ich rief Jörg zu Hause an und stauchte ihn nach allen Regeln der Kunst zusammen. Gleichzeitig, wo ich ihn schon mal am Rohr hatte, fragte ich ihn nach der Wegbeschreibung zum „Dorf Münsterland". Das ist eine Disco, die in der Nähe von Coesfeld liegt. Jörg war sprachlos. Erst stauchte ich ihn zusammen und dann besaß ich die Frechheit, ihn nach dem Weg zu fragen. Für mich waren die Verhältnisse nach diesem Gespräch eindeutig geklärt. Ich fragte ihn sogar, ob er nicht mitfahren wolle, was er entsetzt verneinte. Also fuhren Ex-Günter mit Freundin und ich alleine dort hin.

Endlich kehrte Ruhe ein. Zu Jörg entstand ein normales, gutes, freundschaftliches Verhältnis. Ich fuhr sogar mit ihm und Olli samstags zum Dorf Münsterland, da Freundin Simone und Günter auch nicht immer Lust hatten, mit mir dorthin zu fahren, auch wegen ihrem Hund Kasimir. Ich fühlte mich in Jörg und Ollis Gegenwart richtig wohl, und ich musste im Laufe der Zeit feststellen, dass Jörg ein richtig netter Kerl sein konnte.

8. Lebenslänglich

Am zweiten Weihnachtstag besuchten wir drei auch das Dorf Münsterland, weil dort eine Weihnachtsfeier steigen sollte. An diesem Abend änderte sich alles. Aus guter Freundschaft zwischen Jörg und mir, wurde diesmal ehrliche Zuneigung und sogar Liebe. Das größte und beste Weihnachtsgeschenk was wir uns je machen konnten. Auch Jörgs älterer Bruder Franko hatte fast gleichzeitig seine große Liebe gefunden. Um es richtiger zu beschreiben, müsste ich sagen, Mirja hatte einfach bei ihm angeschellt, und da hatte es bei beiden im wahrsten Sinne des Wortes geklingelt. Allerdings waren sie sich nicht ganz fremd, da sie den gleichen Bekanntenkreis hatten. Jörg und ich verbrachten viel Zeit miteinander und hielten sogar Händchen, ohne dass es mich störte. Mir wurde schnell klar, dass ich Jörg auf jeden Fall behalten wollte, das hatte mir mein Bauch gesagt. Und, weil mir das mein Bauch gesagt hatte, musste ich das unbedingt kurz und knapp Jörg sagen: „Dich behalte ich für immer." Jörg antwortete für ihn typisch kurz und knapp: „Das ist schön." Im Laufe der Zeit merkten wir wie ähnlich wir uns waren, wie gleich wir tickten. Auch, dass wir beide kurz nacheinander Geburtstag haben, im selben Jahr geboren wurden, wir konnten es kaum glauben, im gleichen Krankenhaus und aus diesem Grunde sogar schon vor 25 Jahren im selben Kinderzimmer in Niederwenigern nebeneinander gelegen hatten. Ich hoffte, nach dieser Erkenntnis, dass Jörg sein altes Magenleiden mit dem Erbrechen nicht wieder aufnehmen würde. Aber ich hatte mich im Laufe der Jahre Gott sei Dank vom Äußerlichen verändert. Gut, besonders viel größer war ich nicht geworden, aber 1,60m sollen wohl reichen. In einem konnte ich mich auf gar keinen Fall irren, der "Kotzbrocken" musste mein Prinz sein. Ich glaube heute, dass es Gottes Fügung war, dass wir uns nach einem viertel Jahrhundert wiedertreffen würden, nachdem wir getrennt wurden und nach Essen und Hattingen (Enneppe- Ruhr Kreis) gefahren wurden.

Bei Steffen und Ida lief es auch gut. Sie hatten die glorreiche Idee, zu bauen. Ein Anbau an dem Haus, wo Angela und Bruder Wilhelm wohnten, sollte in Eigenarbeit entstehen. Ich versprach den beiden, beim Bau zu helfen und das tat ich auch. Unser Bruder und die Schwägerin hielten sich hingen gekonnt zurück. Sie hatten kein Interesse, zu helfen, da ihr Nest fertig war. Außerdem waren die beiden erst gerade Eltern geworden und daher mit den Gedanken ganz wo anders. Ja genau, mal eben zwischendurch waren wir total happy Tanten geworden und der Kronensohn Papa. Der Erstgeborene wurde auf den Namen Kelvin getauft.

Nachdem die Baugrube ausgehoben war, ging es los. Neben meinem Beruf, wo ich im Schichtdienst arbeitete, der Hausarbeit und

Gartenarbeit kam jetzt noch die Arbeit am Bau dazu. Da blieb keine Freizeit mehr übrig. Jörg besuchte, nachdem er in der Firma Feierabend hatte, in Düsseldorf die Meisterschule, aus diesem Grund war seine Freizeit ebenfalls recht eingeschränkt. Wir verstanden uns trotz der ganzen Doppelbelastung prima. Am Wochenende besuchten wir zwei, Olli und noch ein paar Bekannte von Olli sogar noch in Essen die Tanzschule Overath und nach der Tanzschule unser Dorf Münsterland. Unsere gute Laune ließen wir uns nicht nehmen. Das änderte sich allerdings, als bei mir zum Jahresende eine Lungenentzündung festgestellt wurde. Viel Knochenarbeit, wenig Schlaf, bei Wind und Wetter draußen arbeiten mit teilweise nassen Klamotten machte mir das Leben nicht gerade leicht. Frostige Temperaturen kamen später auch noch dazu und der Ärger mit meinen Schwestern hörte einfach nicht auf. Sie meckerten über mich, weil sich Steffen mehr mit mir über die Arbeiten am Bau unterhielt und nicht mit ihnen. Nur, dass Steffen und ich gut zusammenarbeiteten und die meiste Zeit am Bau verbrachten. Außerdem lief es nicht so zügig wie sie es gerne hätten, das war für sie ein weiterer Grund zum Meckern. Mein Immunsystem wurde dadurch nicht gerade gestärkt. Mir ging es richtig schlecht und die Atemnot, die ich durch die Lungenentzündung hatte, erinnerte mich wieder an meine Kindheit. Die Nächte, als ich als 5-6 Jährige keine Luft mehr bekommen hatte, waren wieder da. Panisch zog ich an Mamas Bettdecke, um sie zu wecken, damit sie mir helfen sollte. Doch das war lange her. Ich lag ziemlich lange flach und erholte mich von Woche zu Woche nur langsam. Am Bau ging es gar nicht weiter, weil der Winter zu streng war. Schöne Weihnachten und Silvester fielen in diesem Jahr für mich aus. Erst im neuen Jahr konnte ich wieder anfangen, in der Firma zu arbeiten. Die erste Woche fiel mir wirklich schwer, aber ich schaffte es. Am Bau ging es erst im Frühjahr weiter, was für meine Gesundheit besser war. Ich brauchte, nachdem ich in der Firma Feierabend hatte, noch Zeit zum Ausruhen, so ganz fit wie sonst war ich noch nicht. Meine Schwestern waren durch die lange Winterpause genervt. Schließlich wollten sie im Sommer planungsgemäß ihre Doppelhochzeit feiern, und bis dahin sollte der Anbau unbedingt bewohnbar sein. Ein großer Berg Arbeit mit viel Logistik wollte bewältigt werden und das waren nun nicht gerade die Stärken meiner Schwestern und meines zukünftigen Schwagers. Das zerrte noch mehr an den Nerven, weil sie sich selber unter Zeitdruck gesetzt hatten. Die Harmonie zwischen Ida und Steffen war verschwunden. Ida überlegte sogar, ob sie das " Arschloch", wie sie Steffen mittlerweile betitelte, überhaupt noch heiraten wollte. Damit stand die zweite geplante Doppelhochzeit auf wackeligen Beinen. Selbst beim Aussuchen der Hochzeitskleider und Schuhe, die natürlich genau wie damals die Kommunionkleider absolut identisch sein mussten, wurden mit langen Gesichtern gewählt. Das Verhältnis zu meinen „Geschwistern Fürchterlich" war durch diese ganze Situation angeschlagen. So, wie sie sich benahmen und sich gaben, wollte ich nie sein. Ausgerechnet zu dieser Zeit musste ich entsetzlicherweise feststellen, dass ich nie existiert hatte. Diese Erkenntnis bekam ich vermittelt, als ich mit ganz verschiedenen Leuten aus dem Dorf ins Gespräch gekommen war. Sie sprachen mich z.B. über die anstehende Doppelhochzeit an. Während der netten Plaudereien stellte ich fest, dass mein Gegenüber mich aufgrund der Ähnlichkeit zu meinen Schwestern für einen Zwilling hielt. Nach dieser Feststellung erklärte ich sofort, dass ich keine von den Geschwistern Fürchterlich sei. Sogar 2 ½ jünger sei als meine Schwestern. Das ganze Erklären brachte nichts. „Waaas, das glaube ich nicht," war meistens die Antwort, die mir völlig entgeistert mit weit aufgerissenen Augen entgegengebracht wurde. Ich antwortete danach energisch: „Nein, nicht zwei, wir sind drei Mädchen." Prompt bekam ich zur Antwort: „Das wüssten wir ja, nach all den Jahren, wenn da drei gewesen wären." Ich konnte die wenigsten überzeugen dass ich Ich bin, und hatte irgendwann keine Lust mehr, zu erklären, das ich lebe. Ganz im Gegenteil, ich machte mir meinen Spaß daraus, und gab den Leuten die Antwort, die sie hören wollten. Sie hatten ihr Recht und ich meine Ruhe. Es war schon lustig, jemand zu sein, der man gar nicht war. Ich kann bis heute nicht sagen, ob nun jedermann den Durchblick hat oder nicht. Im August nach vielen Tränen und Überlegungen standen die vier dann doch noch bei uns im Wennischen Dom vorm Altar und vor Pastor Stute. Jörg, ich, Jochen und Rolfs jünger Schwester Claudi waren die Trauzeugen. Nach der Trauung forderte uns Pastor Stute auf, ihm in die Sakristei zu folgen, damit wir unterschreiben konnten. Bei dieser Gelegenheit konnte ich Pastor Stute endlich Jörg vorstellen. Sofort fragte er Jörg: „Bist du katholisch?" „Ja", antwortete Jörg höflich. „Aus welcher Gemeinde kommst du?" fragte Pastor Stute weiter. „Ich komme aus Burgaltendorf", gab Jörg sofort zurück. Lachend streckte er Jörg die Hand entgegen. Jörg lachte auch und reichte ihm auch seine. „Aber eins ist klar", sagte Pastor Stute, „geheiratet wird hier und ich werde euch beide trauen." Wir lachten alle und dann endete langsam der Gesang in der Kirche. Pastor Stute meinte: „Oh, wir müssen wieder raus, sie sind mit dem Lied fertig." Wir gingen und nahmen wieder Platz. Es war ein heißer Sommertag als die vier heirateten und ich war genauso aufgeregt wie bei der Hochzeit unseres Bruders. Nicht ganz, aber das Grobe am Bau war noch rechtzeitig fertig geworden. Der Rest sollte später folgen. Meine „Beiden" strahlten aus allen Löchern und sahen sehr glücklich aus und das war die Hauptsache. Ich war stolz auf die vier, dass sie trotz der großen Probleme zusammen da vorne standen und durchgehalten hatten. Die Messe endete mit dem Schlusssegen und Gesang, und alle verließen die Kirche. Es wurde eine tolle

Hochzeitsfeier, wo Onkel Günter für die frisch Vermählten und die Gäste eine Travestie Show organisiert hatte. In den frühen Morgenstunden bei immer noch muckeligen Temperaturen endete die gelungene Feier. Feiern ist immer wieder schön, aber diese Feier war auch anstrengend. Leider konnte man das Ganze gar nicht richtig sacken lassen, denn wie immer wartete die Arbeit. Das Haus sollte endlich komplett fertig werden. Genauso wie die Wohnung im Keller, in der Jörg und ich einziehen sollten. Die Auseinandersetzungen zwischen Ida und mir spitzten sich zu, alles zog sich fürchterlich in die Länge, und so gab ein Wort das andere. Druck im Nacken hatten wir noch zusätzlich von der anderen Seite. Gemeint ist damit gleichzeitig eine erfreuliche Nachricht. Jörgs Bruder Franko und Freundin Mirja brauchten Jörgs Zimmer im elterlichen Haus als Kinderzimmer, da sie Eltern wurden. Jörg sollte also nach Möglichkeit schnell ausziehen, damit sein Zimmer renoviert werden konnte, und die

kleine Familie in Ruhe ohne Onkel Jörg an der Backe schöner wohnen konnte. Dazu mussten wir aber endlich in die für uns vorgesehene Kellerwohnung ziehen, was ja nicht so wirklich ging.
Ein Teufelskreis, ohne ein Ende in Sicht. Trotz unsers Arbeitseinsatzes und Hilfe durften Jörg und ich keine Fragen oder Anregungen bezüglich unserer Mietwohnung stellen. Ida wollte erst mal in Ruhe ihr Reich fertigstellen und komplett einziehen, da war alles andere zu viel. Zum zweiten stellte sie Bedingungen, für die ich kein Verständnis hatte. Eine war z.B., dass wir unsere Freunde, die einen Hund hatten, nicht durchs Treppenhaus hereinbitten durften, da der Flur durch die Hunde hätte verschmutzt werden können. Zu viele Bilder sollten wir auch nicht aufhängen, da hatte Ida auch etwas dagegen, weil sonst zu viele Löcher in die Wände gekommen wären. Das waren nur kleine Beispiele, mit denen man hätte noch leben können. Ich sah irgendwann keinen Sinn mehr darin in die

Wohnung einzuziehen. Jörgs Eltern sorgten dafür, dass wir eine Wohnung in Burgaltendorf beziehen konnten. Jörgs guter Freund Peter kam vorbei, um zu schauen, wo wir gelandet waren. Außerdem versuchte er, uns ein paar Renovierungstipps mit auf den Weg zu geben. Das Verhältnis zu meinen Schwestern war dadurch mehr als übel. 100% sicher, die richtige Entscheidung getroffen zu haben, nicht in die Mietwohnung von Steffen und Ida zu ziehen, war ich mir schon. Geplant war, dass Jörg und ich sowieso nicht für immer dort wohnen sollten. Für uns zwei Hübschen war alles geregelt. Sogar einen kleinen Keller, den wir vorher auch nicht gehabt hätten konnten wir nutzen. Der Fokus richtete sich jetzt für uns auf die Meisterschule, für die Jörg lernen musste. Der Prüfungstermin rückte immer näher und ich half ihm, so gut ich konnte mit dem Abhören des Lernstoffes. Franko und Mirja hatten ihren Fokus auf die anstehende Hochzeitsfeier gerichtet, die ebenfalls mit

Pauken und Trompeten gefeiert werden sollte. Ich liebte es, Hochzeiten zu feiern. Alle haben gute Laune, im Normalfall. Essen und Trinken gibt es bis zum abwinken und besonders oder ausgefallen ist es meistens auch noch. Wenn dann Braut und Bräutigam gut bis sehr gut aussehen und die Sonne scheint, ist alles super schön. Genau dieses Ziel hatten Jörgs Bruder und zukünftige Schwägerin ins Auge gefasst. Bräutigam Mutter Ilse war ganz aufgeregt, als wäre sie selber die Braut. Schließlich heiratete ihr Erstgeborener. Vater Werner sah das ganze eher gelassen, wenn nicht sogar kritisch. Soviel Rummel mochte er gar nicht. Auch die beiden bezogen noch vor der Hochzeit rechtzeitig die renovierte Wohnung im elterlichen Haus. Das Kinderzimmer für sein erstes Enkelkind renovierte Jörgs Vater erst nach der Hochzeit, obwohl Jörg es noch rechtzeitig geräumt hatte. Es war ebenfalls ein wunderschönes Fest, wo im Vorfeld viel Arbeit geleistet worden war. Drei Monate nach der Hochzeit waren die frisch

Vermählten zu dritt. Fabienne erblickte groß und gesund das Licht der Welt. Ich war sehr stolz, denn ich durfte die Patenschaft für Biene übernehmen. Fabienne nannte ich von Anfang an immer nur meine "Biene". Später bekam Biene noch zwei Schwestern dazu. Eine Melina und eine Nathalie. Jörg wurde von Melina der Patenonkel.

Ich versuchte nach den schönen Ereignissen mit der Hilfe meiner damaligen Freundin Simone ein Gespräch mit meinen "Beiden" zu führen. Ich hatte die Hoffnung, dass ein klärendes Gespräch zwischen uns die angespannte Lage verbessern würde. Vielleicht standen einige Missverständnisse im Raum, die einfach nur geklärt werden wollten. Die Hoffnung stirbt zuletzt, dachte ich mir. Meine Freundin arrangierte dieses Treffen in ihrer Wohnung, wofür ich ihr sehr dankbar war. Die Zwillinge trafen fast zwei Stunden zu spät mit Colleta im Schlepptau ein. Daran konnte ich merken, für wie wichtig sie dieses Gespräch hielten. Meine Hoffnung auf Besserung wurde an diesem

Abend auf's Tiefste enttäuscht. Nach diesem Abend sprachen wir drei Schwestern kein Wort mehr miteinander. Drei Jahre lang hatten wir überhaupt keinen Kontakt mehr. Unsere Mutter kam, wie man sich denken konnte mit dieser Situation nicht so gut klar. Zuerst ging es mir auch sehr schlecht und das erste Jahr war für mich sehr hart. Aber dann erkannte ich die ganzen Vorteile, die ich hatte. Der Druck, denn meine Schwestern mit ihrer Kritik über mein Aussehen, wie ich war und wie ich mich gab, über Jahre an mir ausgelassen hatten, war irgendwann weg. Keiner meckerte und nörgelte rum. Einfach nur Ruhe. Auf dem Hof ließ ich mich auch nicht mehr oft sehen, dadurch hatte ich viel weniger Arbeit. Mama tat mir ein wenig leid, aber sie stellte sich hinter die Zwillinge und somit hatte sie ihre Entscheidung getroffen. Was mir ein wenig fehlte, war der Garten auf dem Hof, in dem ich nach Feierabend auch wulackte. Für mich hatte sich wirklich alles verändert, da ich auch einen neuen, besseren Arbeitsplatz gefunden hatte. In einer

Weberei in Sprockhövel verdiente ich nun meine Brötchen. Abgesehen vom ersten Jahr, ging es mir in den folgenden zwei Jahren zum ersten Mal richtig saumäßig gut. Zur Krönung bestand Jörg seine Meisterprüfung mit Bravour. Es waren die schönsten zwei Jahre, die schönste Zeit in meinem Leben. Da hatten wir uns nach dem ganzen Stress einen Urlaub verdient und sind nach Mallorca geflogen. Wir waren sehr glücklich. Laut Mamas Aussage lief es bei meinen Geschwistern auch ganz gut. Sie vermehrten sich wie die Hasen. Mein Bruder, mit dem ich im Gegensatz zu meinen Schwestern immerhin das Nötigste zu tun hatte, bekam nach Kelvin noch einen Jungen und später noch ein Mädchen dazu. Wenn ich mich nicht verzählt hatte, bestand die Familie des Kronensohnes nun aus fünf Personen. Frieda hatte einen Jungen bekommen. Ida musste, so Mama, lange im Krankenhaus liegen, da sie mit ihrer Zwillingsschwangerschaft Probleme hatte. Idas Jungs wurden genau wie Friedas Sohn per Kaiserschnitt auf die

Welt geholt. Die beiden Jungen waren viel zu früh auf die Welt gekommen und dadurch zu klein, zu leicht. Sie brauchten viel Hilfe und Zuneigung nach ihrem schwierigen Start ins Leben. Als ich erfuhr, dass die Kinder drei Monate zu früh dran waren und um ihr Leben kämpften, betete ich für sie und hoffte das Beste. Auch wenn ich mit Ida nichts mehr zu tun hatte. Es tat mir sehr leid. Ich erkundigte mich bei Mama und Papa nach den kleinen Zwillingen und war froh, wenn sie positive Neuigkeiten hatten. Im August wurden sie geboren und im Herbst konnten sie endlich das Krankenhaus verlassen. Gott sei Dank hatte der liebe Gott ein Einsehen. Zum selben Zeitpunkt als die beiden kleinen Jungen um ihr Leben kämpften, kämpfte noch ein anderer junger Mann um sein Leben. Meters Bruder Horst war an Krebs erkrankt. Jörgs guter Freund Peter, Peters Frau Astrid, Jörg und ich, die nachdem wir uns kennengelernt hatten, auch gute Freunde von mir geworden waren, machten in Holland zusammen Urlaub. Ich hatte

Mama die Telefonnummer von dem Haus gegeben, das wir in Holland gemietet hatten. Nur für den Fall, dass etwas sein sollte. Eines Abends, nachdem wir gegessen hatten, klingelte das Telefon. Mama war dran und sie sagte mir sehr traurig das Horst mit seinen erst 37 Jahren verstorben war. Ich hatte auf einmal ganz viele Bilder von ihm von früher vor Augen. Vom Schweinereiten usw. .Ebenso dachte ich an Meter, Onkel Heinz und Tante Gina. Er lies nicht nur seine Eltern und seine Schwester zurück, seine Frau, sein Sohn und seine Tochter mussten nun ohne ihn weiterleben. Irgendwie geht es immer weiter, auch wenn es oft sehr schwer ist.

Ich war beim Bügeln, als eines Morgens bei uns zu Hause das Telefon klingelte. Ich wusste nicht, dass sich durch dieses Telefonat mein Leben wieder ändern sollte. Ich traute meinen Ohren nicht, als ich, nachdem ich meinen Namen genannt hatte, die Stimme erkannte. Ida meldete sich. Erschrocken fragte ich sofort, ob mit den

Jungs alles in Ordnung sei. Sie sagte, dass es den beiden gutgehen würde. Sie würde anrufen, weil sie viel Zeit zum Nachdenken gehabt hätte und würde kapitulieren. Sie wollte diesen Zustand zwischen uns gerne ändern. Ich fragte sie, ob sie Wert darauflegen würde oder, ob sie das für Mama und Papa tun würde. „Nein, für uns," antwortete sie. Ich glaubte ihr. Es muss für sie sehr schwer gewesen sein über ihren Schatten zu springen und den Hörer in die Hand zu nehmen. Es war viel passiert in den letzten drei Jahren. Ich schaute mir bei ihr zu Hause meine Neffen an und Fridas einjährigen Sohn direkt mit, den ich auch noch nicht gut kannte. Frieda war natürlich von Anfang an dabei, wie sollte es auch anders sein. Mama weihten wir erst einmal nicht ein. Wir überraschten sie nach meinem Geburtstag im Dezember mit einem gemeinsamen Frühstück bei mir zu Hause. Wir gingen das Ganze langsam an, und ich überlegte, ob es für mich gut war, den Kontakt zu meiner Familie wieder

aufzunehmen. So wie es in letzter Zeit für Jörg und mich lief, war es bestens.
Schließlich war das alles, was passiert war, nicht von schlechten Eltern und für mich ein heftiger Schlag in die Magengegend. Jörg hatte den Kontakt zu meiner Familie ganz normal weiterlaufen lassen, schon aus dem Grund, weil er bei Frieda und Rolf arbeitete. Außerdem wollte er keinen Ärger haben. Andererseits sollten wir die zweite Chance nutzen. Für unsere Eltern, vor allem für Mama wäre es sowieso besser, wenn wir wieder grün miteinander wären. Ich hoffte, dass jeder aus dem Vergangenen gelernt hatte. Die Grenzen waren abgesteckt, also alles wieder auf Anfang. Wir besuchten uns gegenseitig, feierten zusammen, die Kinder lernten ihre Tante kennen. Wir kümmerten uns zusammen um die Eltern und um den Hof, also wieder mehr Arbeit. Frieda und Rolf zogen in ihr eigenes Heim. Jörg und ich zogen in die Wohnung, in der Rolf und Frieda zuvor gewohnt hatten. Sie befand sich in Rolfs Elternhaus. Von Langeweile keine

Spur. Wir packten Kisten und rödelten von morgens bis abends. Zwischendurch erreichte uns die Nachricht, dass Wilhelm über Halsschmerzen geklagt hatte und von seinem Hausarzt ins Krankenhaus eingeliefert wurde. Komisch, dachte ich mir noch, wegen Halsschmerzen muss man doch nicht ins Krankenhaus. Was wir nicht wussten, dass es wirklich ernst war. Während wir nichts Böses ahnten und weiter mit dem Renovieren und Umziehen beschäftigt waren, musste bei unserem Bruder eine Notoperation durchgeführt werden. Meine Schwestern und ich waren geschockt als uns Bruchstückweise eine Horrornachricht nach der andern erreichte. Nach der ersten Operation folgte noch eine zweite mit Luftröhrenschnitt, weil er drohte, zu ersticken. Es war ganz furchtbar, und wir wussten immer noch nicht, was er eigentlich hatte. Was seinen Zustand so schnell so schlecht hatte aussehen lassen. Er lag auf der Intensivstation im Koma und war auch erst 37 Jahre alt, genau wie Horst zuvor. Ich weinte sehr viel und versuchte mich durch die Arbeit des Umzuges abzulenken. Ins Krankenhaus durfte ich nicht, das wollten meine Schwestern nicht. Ich konnte nur hoffen und beten. Das war mal wieder ein Schlag des Schicksals und trotz allem musste ich feststellen, dass unsere Familie sehr viel Glück gehabt hatte. Der liebe Gott hatte Gnade walten und Wilhelm am Leben gelassen. Später hat sich herausgestellt, dass er sich einen Virus eingefangen hatte, der ihn hätte umbringen können. Unser Bruder wollte leben, und dafür hatte er gekämpft. Heiligabend konnten schon die Fäden an der Halsöffnung gezogen werden. Auf der Intensivstation lag er auch nicht mehr. Die Ärzte hatten ihr ganzes Können gezeigt, und man konnte ihnen wirklich nur ein großes Dankeschön aussprechen. So viel Glück sollte man festhalten.

Jörg stellte eines Abends bei einem entspannenden Wannenbad mit riesigen Schaumwolken, Süßigkeiten (Schluckerschluck), kalten Getränken und

Zigaretten fest, dass ich ihn sowieso nicht heiraten würde. Wir sprachen gerade über das Thema „heiraten", und er musste feststellen, dass ich ein Heiratsmuffel war. Ich ging gerne zu Hochzeiten, aber selber als Braut zu erscheinen, konnte ich mir nicht vorstellen. „Natürlich würde ich dich heiraten, mein süßer Prinz, " antwortete ich Jörg lachend als er fragte. „Du musst nicht immer so negativ denken." Kaum hatte ich das ausgesprochen, antwortete Jörg lachend: „Na dann brauchen wir ja nur noch ein Datum finden." Was hatte ich da bloß gesagt, schoss es mir auf einmal durch den Kopf. Damit hatte ich nicht gerechnet und konnte nur noch abtauchen. Wir heirateten im verflixten siebten Jahr unserer Beziehung mit allem Zipp und Zapp. Freundin Simone, Schwester Ida, Bruder Franko und natürlich unser bester Freund Peter, was er auch heute immer noch ist und bleiben wird, waren unsere Trauzeugen. Nicht um 18 Uhr läuteten die Glocken des Wennischen Doms, sondern im Juli um 14.30 Uhr, weil ein Prinz eine junge Dame zum Altar führte. Eine wichtige Person durfte selbstverständlich nicht fehlen. Er hatte sich im Laufe der Zeit in seinen wohlverdienten Ruhestand verabschiedet. Sein Versprechen hat Pastor Eberhard Stute jedoch gehalten und uns pünktlich in den Hafen der Ehe geführt. Der Kreis hatte sich geschlossen, alle, die sich vor mehr als einem Vierteljahrhundert hier in Niederwenigern in dem Kinderzimmer getroffen hatten, saßen glücklich und gesund in der Kirche. Zum Teil waren sie sogar verheiratet oder durch Hochzeiten miteinander verwandt.

Zwei Jahre später kam unsere Prinzessin Christin zur Welt, die direkt mit in unser neu erworbenes Haus einziehen konnte. Mit ihr wurde unser Glück perfekt, und wir wussten, dass die Zukunft nicht langweilig werden würde.